Jens Wonneberger

Goetheallee

Roman

müry salzmann

Für Doris

1

Frau Hartmann trägt an diesem Morgen eine Perücke, und das macht uns beide verlegen. Unausgeschlafen und fröstelnd stehe ich im kleinen Zeitungsladen und starre die so merkwürdig fabrikneu behaarte Dame an. Zugegeben, der Anblick ihres kahlen, nur von einem dünnen weißen Flaum umwölkten Schädels war auch bisher, sagen wir: gewöhnungsbedürftig, zumal bei einer Frau. Ihr Resthaar glich dem Kopfputz einer jungen Eule kurz vor dem Flüggewerden, und obwohl ich mich immer gefragt habe, warum sie sich keine Perücke zulegt, bin ich nun doch verwirrt. Gewöhnlich wechselten wir ein paar Worte, schimpften über das Wetter, die zuverlässig falschen Lottozahlen oder die Bauarbeiter, die mal wieder den Fußweg aufgerissen haben, und ich war jedes Mal erleichtert, dass sie mich nicht mit ihrer Krankengeschichte konfrontierte. Denn das war sicher, ihr Aussehen musste von einer Krankheit herrühren. Diesmal jedoch schweige ich, was ein Fehler ist, denn gleich befürchte ich, sie könne mich in meiner Sprachlosigkeit überrumpeln und mich fragen, wie ihr die neue Perücke denn stehe.

Sie nestelt an ihrer Kittelschürze herum, deren Farbe dünnem Milchkaffee gleicht. Die Schürze scheint an ihrem dürren Körper festgewachsen, ein Relikt aus der Zeit, als es hier noch ein Ladenglöckchen gab. Eine Zeit, die im Laden konserviert ist und mit Frau Hartmann untergehen würde. Ihr Jahrgang ist schwer zu schätzen, besonders heute, aber sicher wird sie das Rentenalter bald erreicht haben. Frau Hartmann schiebt mir mit leichtem Zittern wie jeden Morgen meine Zeitung und eine Packung Zigaretten über den Tresen, doch auch sie sagt nichts, schielt nur nach ihrem künstlichen Pony, den sie sich etwas zu weit in die Stirn gezogen hat, vielleicht, um sich ihrer neuen Perücke zu vergewissern. Der Anblick der Haarspitzen scheint sie zu beruhigen, obwohl sie dann doch ein wenig an ihnen herumzupft, so wie Sabine, die immer sofort im Bad verschwindet, wenn sie vom Friseur kommt, um dessen Arbeit vor dem Spiegel mit ein paar schnellen Zupfern zu korrigieren. Ich weiß, dass Sabine danach ein paar anerkennende Worte erwartet, obwohl sie jedem Kompliment von mir misstraut. Also suche ich auch jetzt nach etwas Unverfänglichem, als zum Glück Wehovsky das Geschäft betritt und ich tatsächlich das Ladenglöckchen zu hören glaube. Auch der fette rotfellige Kater, der sich die ganze Zeit hinter dem Tresen schlafend stellte, muss es gehört haben und schlägt nun interessiert die Augen auf. Wehovsky ist unser Hausmeister, was über der sich deutlich abzeichnenden Wölbung seines Bauches auf dem Latz der giftgrünen Arbeitshose auch zu lesen ist. Diesen Schriftzug trägt er vor sich her, als mache allein der ihn zu einer Autorität. Sein Kraushaar, sicher das Ergebnis einer Dauerwelle, erinnert an einen in die Jahre gekommenen Schlagersänger, der sich gegen sein Alter wehrt – oder trägt auch er eine Perücke? –, die schwarz überbuschten Augen geben ihm zugleich etwas Dämonisches. Und er weiß, was er seinem Amt schuldig ist, seiner Aufmerksamkeit entgeht eigentlich nichts, doch an Frau Hartmann scheint er keine Veränderung zu bemerken, er schwenkt stattdessen mit spitzen Fingern triumphierend einen Lottoschein und schiebt ihn schließlich mit der Überlegenheit eines Mannes, der gerade das große Los gezogen hat, über die Ladentafel, deren Glas seit Jahren einen Sprung hat. Während Frau Hartmann den Schein mit notarieller Gewissenhaftigkeit überprüft, tritt Wehovsky voller Vorfreude auf der Stelle, fast tänzelnd riskiert er dabei ein Auge auf den Ständer mit den eingeschweißten Männermagazinen.

Ich überlege, wie ich Sabine die Perücke würde nachher beschreiben können. Die Farbe erinnert an Schiefergrau, sie hat etwas Verwittertes und strahlt Gewöhnlichkeit aus. Oder ist das pfefferfarben? Das Haar ist leicht struppig, fast widerborstig, gleichzeitig aber von einer Ordnung, die ihre Künstlichkeit nicht verbergen kann. Die Perücke ähnelt dem Fell eines Murmeltiers, denke ich, was meine Verlegenheit noch steigert.

Wehovsky, der sein Misstrauen mir gegenüber sonst nie verbirgt, ist diesmal überaus freundlich, fast überschwänglich, er schlägt mir auf die Schulter, fragt mit einem vielsagenden Grinsen, wie meine Aktien stehen, schiebt mit der anderen Hand den Fünfeuroschein, den Frau Hartmann ihm hingelegt hat, sofort zurück und bestellt drei Jägermeister. Erst als Frau Hartmann die Fläschchen auf den Tresen stellt, stutzt er, und ich fürchte schon das Schlimmste, denn Wehovsky kann sehr direkt sein, er hat, wie Frau Hartmann es nennt, den Schalk im Nacken. Mein Gott, Lotte!, ruft er plötzlich, doch dann scheint er sich zu besinnen, greift sich eines der Fläschchen und fordert auch uns dazu auf. Er prostet uns zu, stülpt seine Lippen gekonnt über den Flaschenhals, sein spitzer Adamsapfel – wie braun sein Hals jetzt im Frühjahr schon ist! – hüpft über dem Goldkettchen, der Jägermeister gluckst, während der Kater sich langsam in die Höhe windet, sein Fell sträubt und schließlich mit einem Sprung hinter einem Vorhang verschwindet.

Wir stehen noch eine Weile verlegen herum. Wehovsky, nun wie abwesend, ist nach dem Jägermeister wohl zur ernüchternden Erkenntnis gelangt, auch diesmal wieder am großen Los vorbeigeschrammt zu sein. Er schüttelt sich und schimpft dann über die neuen Mieter, die ihre Fahrräder in den Hausflur stellen, die ganze Wand sei schon zerkratzt. Die ganze, vor zwei Monaten neu gestrichene Wand! Was das wieder gekostet hat! Russlanddeutsche, sagt er, als sei damit alles gesagt. Frau Hartmann schielt nervös zur Ladentür, wo sich ihre neue Kopfbedeckung in der Scheibe spiegelt, und ich glaube auch jetzt den ironischen Zug in ihrem Gesicht zu erkennen, diesen Anflug von jugendlichem Lächeln um den welken Mund, das nie verschwindet und mir das Gespräch mit ihr so oft erleichtert hat. Ihr Gesicht hat etwas Katzenhaftes, zwischen den hohen Wangenknochen wirkt die Nase winzig, über den schmalen Lippen schimmert ein Schatten von Damenbart. Ich versuche, die Klebrigkeit und den bittersüßen Geschmack des Jägermeisters in Speichel zu ertränken und kaufe noch eine Packung Pfefferminzdragees, denn Sabine hasst es, wenn ich morgens schon trinke, dann verlasse ich den Laden. Auf dem Fensterbrett steht eine rostige Konservendose mit Frau Hartmanns Zigarettenkippen, und am Himmel zieht ein riesiger Schwarm Krähen vom Schlafplatz langsam in Richtung Innenstadt.

Obwohl ich mit Kindern gut auskomme, gehe ich dem morgendlichen Pulk der lärmenden Schüler für gewöhnlich aus dem Weg, heute aber bin ich einige Minuten zu früh. Eine Gruppe von Grundschülern jagt an mir vorbei, und an der Hauptstraße steht noch immer der Arbeitslose, der hier jeden Morgen in einer orangenen Signalweste als Schülerlotse Dienst tut. Es gefällt ihm, auch für mich den Verkehr anzuhalten und mich über die Fahrbahn zu winken. Ich bin nicht sicher, wer in diesem Moment ein größeres Gefühl von Wichtigkeit empfindet und wer sich dabei mehr belügt.

Ich habe mich mehrere Stunden mit dem Text für eine neue Imagebroschüre der Tourismuszentrale herumgequält, der die Stadt als internationalen Kongressstandort und Paradies für Investoren preisen soll, und treffe Wehovsky deshalb erst am Nachmittag wieder, als ich mir für ein paar Minuten die Beine vertreten will. Er steht vorm Haus, die Hände tief in den Taschen seines grünen Hausmeisterornats vergraben, und schaut nach links und rechts, damit ihm nichts entgehen kann. Vielleicht wartet er auf die Russlanddeutschen, um sie zu verwarnen oder gleich ihrer gerechten Strafe zuzuführen. Dann inspiziert er die Mülltonnen, schließlich muss alles seine Ordnung haben, zieht kopfschüttelnd eine Plastikverpackung aus dem Restmüll, wirft sie in die gelbe Tonne und rollt die schwarze dann auf die Straße. Ordnung und Sicherheit, Wehovsky weiß, was von ihm verlangt wird, Ordnung und Sicherheit und jederzeit ein gesundes Misstrauen. Sein Misstrauen mir gegenüber, das bilde ich mir jedenfalls ein, entspringt der Tatsache, dass ich meist den ganzen Tag zu Hause bin, während Sabine jeden Morgen pünktlich ins Büro geht. Manchmal, wenn ich ihn treffe, fragt er grinsend, was die Kunst mache, und das ist schlimmer, als die Frage nach den Aktien. Der Aktienkurs meiner Kunst ist mal wieder auf Talfahrt, wie so oft, glaube ich an ein Allzeittief, doch dann kommt es meist noch schlimmer. Ich habe, von ein paar Zeitschriftenbeiträgen abgesehen, seit Langem nichts Nennenswertes veröffentlicht, die letzte Lesung liegt Wochen zurück, die Hoffnungen der Anfangsjahre sind gestorben, Durchkommen lautet jetzt die einzig verbliebene Maxime. Und jetzt auch noch Wehovsky! Ich will ihm ausweichen, doch er hat mich bereits gesehen und wartet nun, gegen die Mülltonne gelehnt, bis ich den Gehweg erreicht habe, dann zieht er einen Flachmann aus dem Latz seiner Arbeitshose. Auch ich hätte zu einem Schluck jetzt nicht Nein gesagt, doch Wehovsky bietet mir nichts an.

Den Auftrag von der Tourismuszentrale hat mir Sabine vermittelt, sie isst manchmal mit Frau Röhrlich, einer der Marketingmitarbeiterinnen, zu Mittag und hat ihr dabei wahrscheinlich von meinen sinkenden Aktien erzählt. Sicher hat sie mein Talent erwähnt, sie spricht gern von meinem Talent, aber danach macht sie meist eine Pause, die mir jedes Mal endlos erscheint. Ich bin nicht sicher, ob ich den Auftrag wegen des Wortes Talent oder der folgenden Pause bekommen habe, Sabine nannte den Auftrag eine echte Chance, die ich nur beim Schopfe packen müsse, eine international verbreitete Broschüre, in mehrere Sprachen übersetzt, beim Wort Hochglanzpapier leuchteten ihre Augen. Das machst du doch mit links, sagte sie. Sie arbeitet als Fallmanagerin bei der Arbeitsagentur, sie muss es wissen, denn sie versteht sich auf Motivation, also packte ich zu. Anschaffen, nenne ich das. Der Text, den ich geschrieben habe, ist verlogen, ich weiß es und hasse mich dafür, aber ich kenne die Wünsche meiner Auftraggeber, sie zahlen nicht schlecht, also habe ich meine Zweifel unterdrückt und nicht mit Superlativen gespart, selbst die Prise Ironie, die man mir zugestanden hat, ist kalkuliert und erhöht nur die Glaubwürdigkeit der Eloge, sie nennen das Authentizität.

Wehovsky sieht besorgt aus, er schraubt seine Flasche zu und fragt, ob mir an Frau Hartmann nichts aufgefallen sei. Und ob, scherze ich, sieht doch flott aus, unsere Lotte! Na hören Sie mal, entrüstet er sich, ich sei wohl blind, so blass habe sie schon lange nicht mehr ausgesehen, und ob mir denn der Bluterguss auf ihrem Handrücken nicht aufgefallen sei. Chemotherapie, mutmaßt er und schraubt den Flachmann wieder auf. Er muss meinen enttäuschten Blick bemerkt haben, hebt bedauernd die Schulter und wirft die Flasche, nachdem er den letzten Schluck getrunken hat, in die Tonne.

Wehovsky, das weiß ich von Frau Hartmann, hat bis vor einigen Jahren in einer der neuen Mikroelektronikfirmen am Stadtrand gearbeitet, Schichtsystem, sagte sie, Schichtsystem und ein Schweinegeld, bis ..., sie hatte damals den Satz unterbrochen, die Hand zum Mund gehoben, das Kippen einer Flasche angedeutet und Wehovsky dann einen armen Kerl genannt. Ich versuche ihn mir vorzustellen in diesem weißen Overall, vorschriftsmäßig mit Mundschutz und Haube, ein bisschen Uniform und ein bisschen Gangsterkluft, denke ich, während ich die geplatzten Äderchen auf seinen aufgedunsenen Wangen und die ihm über die verschwitzte Stirn hängende Locke sehe. Er verzieht den Mund, als habe er etwas Bitteres getrunken, er riecht nach Schnaps, doch seine Besorgnis um Frau Hartmann kommt mir ehrlich vor.

Die Mülltonne auf der anderen Straßenseite ist überfüllt, der Deckel klafft fast senkrecht. Zwei Spatzen ziehen Holzwollefäden aus dem aufgeschlitzten Leib eines Teddybären, weiden ihn aus, sehen sich dabei immer wieder hektisch um, ängstlich fast, als würden sie etwas Verbotenes tun, und fliegen dann mit ihrer Beute davon. Bald wird es wärmer, sage ich, aber ich weiß, dass das Frau Hartmann auch nicht helfen kann. Wehovsky zuckt mit den Schultern, von mir aus, sagt er, dreht mir den Rücken zu und beginnt, Zigarettenkippen und Kronkorken aus seinem Hoheitsgebiet auf die Straße zu fegen. Eine Weile sehe ich ihm zu, in seinen Augen habe ich ja Zeit, doch er lässt sich durch meine zur Schau gestellte Untätigkeit nicht provozieren, und so gehe ich auf die andere Straßenseite. Das aufgeplatzte Fell des Teddybären hat die Farbe von Frau Hartmanns Perücke.

Wenn möglich, vermeide ich es, so früh am Nachmittag über die Goetheallee zu gehen, was mit Goethe nichts zu tun hat, sondern mit Sabine, die von ihrem Bürofenster aus die ganze Straße überblicken kann und mir am Abend oft von ihren tagsüber auf der Goetheallee gemachten Beobachtungen erzählt, meist mit diesem merkwürdigen Unterton, aus dem ich heraushöre, dass die Geschichten doch auf der Straße lägen und es ein Leichtes sei, sie aufzuschreiben. Mach doch!, sagt ihr Blick. Als ob es auf Geschichten ankäme, denke ich, entscheidend ist, wie sie erzählt werden. Meist drehe ich dann den Spieß einfach um. Was machst du eigentlich den ganzen Tag?, frage ich sie mit dem latenten, mit einer Prise Neid gemischten Misstrauen des Freiberuflers gegen gesicherte Arbeitsverhältnisse, was sie natürlich sofort bemerkt und auf ihren, zugegeben nicht unerheblichen Anteil an unseren Familieneinnahmen verweist. Familie ist natürlich übertrieben, wir sind nur zu zweit.

Ich will mir gar nicht vorstellen, wie sie mein Auftauchen in der Goetheallee kommentieren würde, und biege lieber in den Amselweg, wo es jetzt noch angenehm ruhig ist. In der Kindertagesstätte Rabaukenburg sind die Vorhänge zugezogen, die Kinder schlafen um diese Zeit noch, bald aber werden sie schreiend in den Garten stürzen, und dann dauert es nicht mehr lange, und der ganze ruhige Amselweg wird verstopft sein von den Autos der gestressten Eltern, die ihren Nachwuchs abholen, um ihn gleich wieder zum Musikunterricht zu chauffieren, zum Englischkurs, zur Schwimmstunde oder zur Kinder-Uni. Vor drei Jahren hatten wir genau zu der Zeit, da das nachmittägliche Hupkonzert einsetzte, hier eine Wohnung besichtigt, schöne helle Zimmer mit einem direkten Ausgang in einen hübschen Garten, genau das, was wir schon lange suchten, aber die Kindertagesstätte und das plötzliche Verkehrschaos waren Gründe, warum wir uns dann doch für die Wohnung in der Steinstraße entschieden und damit in die Fänge von Wehovsky gerieten. Die Steinstraße liegt auf einem kleinen Hügel am Stadtrand, sodass man sogar von unserer Erdgeschosswohnung einen beachtlichen Blick hat, zumindest theoretisch, aber die Praxis hatte uns einen Baum vors Fenster gesetzt, und so war ich verwundert, als Sabines Mutter bei der ersten Besichtigung das Wort Beletage ins Feld führte. Das Haus ist nicht schön, kein Vergleich zum Amselweg, aber ein ehemaliger Genossenschaftsbau, was sie als alte Gewerkschaftlerin gefreut haben dürfte. Letztlich aber ist es Sabines Entscheidung gewesen, ich habe mich gebeugt, für die Miete ist schließlich sie zuständig. Sabine ist in fast allen Fragen unseres Lebens die Dominante, mir ist das recht, manchmal habe ich sogar das Gefühl, sie lebt nur deshalb mit mir zusammen, weil ich als stiller Teilhaber unserer Ehe der Entfaltung ihres Initiativgeistes so wenig Widerstand entgegensetze und zufrieden bin, wenn sie mich an die Hand nimmt, wie einen ihrer Fälle in der Agentur.

Mir gefällt der von Kastanien und altertümlichen Laternen gesäumte Amselweg mit seinen hübschen kleinen, etwas hochmütig vereinzelten Häusern und Hecken, den Gärten, in denen jetzt die Forsythien blühen, noch immer, das heißt, er gefällt mir immer besser, auch wenn Sabine, seit der von uns geplante Umzug gescheitert ist, das alles spießig nennt und nur verächtlich über die Bewohner spricht. Sie hat dabei einen Gesichtsausdruck, als bereite allein der Gedanke, hier wohnen zu müssen, ihr Schmerzen, und als habe sie jedes einzelne Haus im Verdacht, eine heimliche Rabaukenburg zu sein.

Noch mehr als der Amselweg selbst gefällt es mir, den Amselweg zu gehen, und vielleicht ist es erst das wiederholte Gehen, das den Weg so reizvoll macht. Das Gelb der Forsythien ist fast golden, sodass mir auch der Gesang der Vögel so vorkommt. Mein Gott, ich werde tatsächlich älter! Die Kastanien stehen noch wie schwarze Schatten, doch die schuppigen Hüllen der Blattknospen beginnen sich schon zu öffnen und sehen aus wie mit Leim überzogen, bald wird das Laub die Straße überdachen. *Gartenkummer? Schnelle-Nummer!* lese ich auf einem Schild an einem der Zäune, unter der Telefonnummer steht: *Andreas Schnelle.*

Service rund ums Haus. Leider wohnen wir nur zur Miete, denn der ehemalige Genossenschaftsbau ist längst privatisiert, sonst würde ich sofort anrufen und Herrn Schnelle anstelle von Wehovsky engagieren.

Jetzt, am frühen Nachmittag, sind die Häuser wie in sich gekehrt, vor den meisten Fenstern sind die Jalousien heruntergelassen, irgendwo weint ein Kind. Ich versuche mir vorzustellen, was sich im Inneren der Häuser abspielt. Eine junge Frau ist gerade zögernd und gedankenverloren auf eine Terrasse getreten und raucht. Der Luftzug weht eine dünne Gardine durch die weit geöffnete Tür nach draußen, vielleicht sind es aber auch die perlenden Töne eines Klavierkonzerts, die den Stoff zu einem luftigen Kissen blähen. Chopin, denke ich. Ich habe, sehr zu Sabines Ärger, keine Ahnung von Klassik, aber bei Klaviermusik denke ich immer an Chopin. Die Frau schließt, wenn sie an der Zigarette zieht, die Augen und lässt ihre Hand auch nicht sinken, wenn sie den Rauch fast zärtlich und doch entschlossen durch die gespitzten Lippen bläst. Diese Geste erinnert mich an Katharina, auch wenn Katharina nicht rauchte und vermutlich nie Klavierkonzerte gehört hat. Aber wie die Frau die Schultern hochgezogen hat, wie sie die dünne Jacke vor der Brust zusammenhält... Ich würde der Frau gern noch eine Weile zusehen, wage es aber nicht stehen zu bleiben. Und dann sehe ich die Spatzen wieder, sie sitzen in einem der Forsythienbüsche, sehen sich, Fäden von Holzwolle im Schnabel, aufgeregt um, als fürchteten sie noch immer, ertappt zu werden, fliegen dann auf und verschwinden in einem winzigen Loch unterhalb der Traufe. Einen Moment lang überlege ich, ob ich ihnen das Bärenfell nachtragen soll.

Ehrlich gesagt meide ich die Goetheallee auch zu anderen Tageszeiten. Der Grund ist die Buchhandlung Wohlgemuth, oder mehr noch mein Gefühl, gerade in der Nähe der Buchhandlung müssten mir die Passanten meinen Ärger darüber ansehen, dass dieser Laden meine Bücher nicht führt. Die Auslagen einer Buchhandlung ohne meine Bücher haben etwas Deprimierendes, aber hier, nur wenige Straßenecken von meiner Wohnung entfernt, ist das eine Provokation. Nur nachts, wenn ich aus Karls Kneipe komme und nicht mehr ganz nüchtern bin, bleibe ich manchmal vor dem erleuchteten Schaufenster stehen und spotte über die Bestseller, die glänzend wie polierte Grabsteine zwischen Trockenblumen und bizarren Totholzarrangements hinter der Scheibe stehen. Manchmal glimmen vor dem Schaufenster Räucherstäbchen in einer mit rotem Sand gefüllten Messingschale, und man kann die Buchhandlung an diesen Tagen schon aus einiger Entfernung riechen. Vor der Buchhandlung gilt ein Stück der Goetheallee als verkehrsberuhigte Zone, was ich gern auf Frau Wohlgemuths massigen Leib beziehe, den sie immer in weite, rote Kleider hüllt wie Rubens' Diana bei der Heimkehr von der Jagd, züchtiger zwar, aber immerhin ärmellos, die schwammigbleichen Oberarme freigebend, das tiefe Dekolleté von einer weißen Perlenkette gerahmt und wallend wie ihr hennarotes Haar. Ich sollte ihr vielleicht die Schnelle-

Nummer übermitteln, von einem Herrn Wohlgemuth jedenfalls weiß ich nichts, schon gar nichts von einem kleinen malenden Epigonen des großen Niederländers. Die Kunstgeschichte wird also auf Frau Wohlgemuths gewichtigen Leib verzichten müssen, dafür sah ich sie einmal im Original auf einem Fahrrad, auf dessen schwerem Rahmen in zartem Schriftschwung das Wort Gazelle stand. Vermutlich weiß sie nicht einmal, dass ich schreibe, so wie ich nicht sicher bin, ob diese aufgetakelte Walküre überhaupt Frau Wohlgemuth ist oder nur eine ihrer Angestellten. Seit ich das Fehlen meiner Bücher bemerkt habe, und ich habe es sofort bemerkt, bestelle ich alles, was ich an Büchern brauche, über das Internet.

Zum Glück reißt mich ein Geräusch, das jetzt aus einem der Häuser kommt – hat nicht eben dort gerade noch ein Kind geweint? –, aus meinen trüben Gedanken und versöhnt mich für einen Moment mit diesem Nachmittag. Anfangs ist es nur ein leises, rhythmisches Fauchen, das aber rasch immer schneller und lauter wird, in ein Rasseln übergeht, sich zu einem Scheppern steigert und dann ganz plötzlich nach einem letzten dumpfen Rattern wie mit einem kleinen Schrei erstirbt. Es erinnert mich an die Kindheit, wenn mein Bruder den riesigen Blechdeckel des Waschkessels auf den Fliesen in Drehung versetzt hatte und ich fasziniert zusah, wie er scheppernd am Boden wackelte. Noch bevor ich *Mama* sagen konnte, sagte ich *wawa*, ein Wort, das mit einigen, in sich steigerndem Tempo gesprochenen Wiederholungen das Geräusch am treffendsten imitierte und mir in diesem Moment im Zusammenhang mit den in der Wohlgemuthschen Buchhandlung ausgestellten Büchern zu stehen scheint.

Der Gedanke an Katharina hat mich verwirrt, ich habe seit Jahren nichts mehr von ihr gehört und plötzlich ein Verlangen nach ihrem Körper. Um mich abzulenken, versuche ich an Frau Hartmann zu denken und frage mich, warum ich ausgerechnet ihr meine Existenz als Schriftsteller offenbart habe. Ich spreche eigentlich nicht gern darüber, das Wort macht mich eher verlegen, Sabine hält das für falsche Bescheidenheit, doch ich weiß nicht, ob das ehrlich ist. Außerdem wäre ich wirklich nicht auf den Gedanken gekommen, dass gerade diese Tätigkeit, die ja eher meinem Hang zur Tatenlosigkeit entspringt, ein Anlass zu besonderem Stolz sein könnte. Frau Hartmann aber, die mich bisher für einen Arbeitslosen gehalten haben mochte, schien mir für eine Offenbarung geeignet. Manchmal muss man sich ein Mindestmaß an Eitelkeit gestatten, andererseits hoffte ich wohl, sie würde davon nicht viel Aufhebens machen, und genau so war es auch. Zwar ist mir bei dieser Gelegenheit zum ersten Mal ihr ironisches Lächeln aufgefallen, wobei ich damals noch nicht sicher war, ob es tatsächlich einer bewussten Reaktion auf meine Offenbarung oder nur ihrem skurrilen Aussehen zuzuschreiben war, jedenfalls war mein Beruf danach zwischen uns kein Thema mehr, sieht man davon ab, dass sie Wehovsky die Neuigkeit natürlich umgehend gesteckt hatte. Seine von Geringschätzigkeit verzogenen Mundwinkel waren der Beweis, er hasst Theoretiker, und nichts anderes musste ich in seinen Augen sein. Als Gegenleistung für meine Offenheit erzählte Frau Hartmann mir ungeniert von ihren Männern. Und da gab es einiges zu erzählen, sie ist immerhin zum dritten Mal verheiratet, hatte schon zwei Ehemänner, wie sie sich ausdrückte, unter die Erde gebracht. Der erste sei viel zu früh mit dem Motorrad verunglückt, der andere habe recht spät einen Herzinfarkt gehabt, und der dritte ..., na ja, aber sie könne es eben einfach nicht lassen. Aber ihre Ehegeschichten waren nur ein Vehikel, mit dessen Hilfe sie schon bald auf ihren Großvater zu sprechen kam. Der ist auch schon lange tot, sie hat ihn nicht einmal kennengelernt. Mein Großvater, sagte sie, ist schon mein ganzes Leben lang tot. Denn er, ein glühender Nazi der ersten Stunde, hatte sich, wie sie berichtete, Anfang März dreiunddreißig bei einem Aufmarsch zu Ehren des Führers auf der Goetheallee eine Lungenentzündung zugezogen. Er war daran gestorben und hatte nicht mehr miterlebt, wie die Goetheallee in Adolf-Hitler-Straße umbenannt wurde. Frau Hartmann nannte ihren Großvater einen feschen Kerl, plaudernd schwärmte sie von seinen Augen, seinem dichten blonden Haar, und hätte mir zum Beweis gern sein Foto gezeigt. Das Foto gehört zu dem Wenigen, was ihr von ihrem Großvater geblieben ist, doch ich hatte damals keine Lust, mir in meinem Zeitungsladen das Foto eines alten Nazis anzuschauen. Sie war enttäuscht gewesen, aber zum Glück nicht nachtragend.

Sie müssen sich wärmer anziehen, hat sie gesagt, als ich im letzten Winter einmal mit offenem Hemd in den Laden gekommen bin, und mit ironischem Lächeln hinzugefügt, dass Viren keine Gesinnung kennen. Sie hat mir sogar angeboten meinen letzten Gedichtband in ihrem Laden auszustellen, was ich natürlich abgelehnt habe. Sie sagte ausstellen, nicht etwa verkaufen, außerdem schreibe ich keine Gedichte und habe von Gedichten auch nie etwas verlauten lassen und sie deshalb gefragt, wie sie denn auf Gedichte komme. Ihre Augen, hat sie geantwortet, wobei sie nicht mir, sondern dem Kater, dem sie gerade das rotblond melierte Fell kraulte, ins Gesicht sah, ihr Großvater habe auch solche Augen gehabt, selbst auf dem alten Foto hätten sie ein seltsames Leuchten gehabt, Augen wie die Ewigkeit. Ja und? Ich war verdutzt. Ja, ihr Großvater habe auch Gedichte geschrieben. Seit diesem Tag fürchte ich nicht nur ihre Krankengeschichte, sondern auch den Gedichtband ihres Großvaters, den sie mir sicher irgendwann zur Begutachtung überreichen wird. Ich habe sogar daran gedacht die Tageszeitung zu abonnieren und ihren Laden nicht mehr zu betreten, am Abend aber Sabine gebeten, mir in die Augen zu schauen, obwohl ich ihren fragenden Blick manchmal nur schwer ertragen kann. Sei nicht albern, sagte sie, ließ sich aber schließlich darauf ein. Wir sahen uns also in die Augen, was wir schon lange nicht mehr getan hatten, und ich hatte wieder Mühe, ihrem Blick standzuhalten. Sabine schien plötzlich Gefallen an dem Spiel zu finden, sie unterdrückte ein Lächeln, machte ein ernstes Gesicht und schwieg, bis ich die Geduld verlor. Und, was siehst du?, fragte ich. Du siehst müde aus, du brauchst Urlaub, sagte sie und begann mir zu erzählen, wie sehr die Arbeit im Jobcenter sie anstrenge. Ich hatte etwas von der Ewigkeit in meinen Augen erfahren wollen, nun hörte ich mit zunehmend schlechtem Gewissen, wie sehr die Arbeit im Jobcenter Sabine anstrenge, und musste dabei an Wehovsky denken, dem ihre Klage sicher Wasser auf die Mühlen gewesen wäre.

Und Katharina? Was hatte Katharina eigentlich für Augen? Bei dieser Frage erreiche ich die Stelle, wo der Amselweg einen Knick macht und sich dem Klosterplatz zuwendet. Dort gibt es eine kleine Nachtbar, ein schmuckloser Betonkasten, der jede Nacht mit bunten Lichterketten und der Behauptung prahlt, auch hier in der verschlafenen Vorstadt habe die Verruchtheit des urbanen Lebens ihren Platz. Am Tag wirkt das Gebäude trostlos wie ein oberirdischer Bunker. Die Jalousien sind heruntergelassen, sodass das mit roter Farbe aufgesprühte Wort *Sexismusscheiße* gut lesbar ist, ein grauer Flachbau, der den ganzen Tag verschlafen auf die Nacht wartet. Am Wochenende soll es hier Hausfrauenstrip geben, jedenfalls behauptet das Wehovsky, der seine gelegentlichen Besuche in der Nachtbar von Jahreszeiten und Wetterbericht abhängig macht und mit breitem Grinsen quasi dienstlich nennt, denn, so hat er mir erklärt und dabei mit dem Zeigefinger die untere Lidfalte seines Auges tiefer gezogen, werde Schneefall oder Eisregen vorausgesagt, lohne sich für einen Hausmeister der Schlaf im ehelichen Bett nicht. Also gehe er in die Bar und werfe sich aus der Hitze der Nacht direkt in den Kampf gegen Eis und Schnee. Das Weiße in seinen Augen hat mich frösteln lassen.

Vor dem Eingang zur Bar steht eine aufblasbare Palme aus orangefarbenem Kunststoff und mit dicken Kokosnüssen, die der Wind in eine Bewegung versetzt, die wie ein träges verschlafenes Hüpfen wirkt. Die Parkplätze neben dem Haus sind nachts für Besucher der Bar reserviert, tagsüber aber gehören sie zu einer Firma für Rehabilitationsmittel im Hinterhaus. *Siegfried Melchinger, Werkstatt und Verkauf* steht über dem Schaufenster, in dem Gehhilfen, Rollatoren und Toilettenstühle ausgestellt sind. Manchmal drehen die Arbeiter hier in elektrischen Rollstühlen einige Proberunden unter der Palme, oder sie veranstalten in der Mittagspause Wettfahrten. Die Rennstrecke ist von Holunderbüschen gesäumt, der Saft der herabgefallenen Beeren hat im letzten Herbst den Beton gefärbt, eine Lache schwarzen Blutes, deren eingetrocknete Reste noch immer wie ein Schatten auf dem Platz liegen, während die Sträucher schon bald wieder in einem vergilbten Weiß blühen werden. Da fällt es mir wieder ein, Katharinas Augen hatten die Farbe von reifen Holunderbeeren.

2

Vor drei Wochen, am Morgen im Bad des kleinen Gasthofes im Vorland der Berge, war ich mir wieder einmal sicher, dass es so nicht weitergehen könne. Obwohl Sabine noch schlief, hatte ich die Badezimmertür verriegelt, nun stand ich vor dem Spiegel und betrachtete lange mein Gesicht. Ich war erstaunt, wie fremd mir dieses Gesicht geworden ist, von Ewigkeit keine Spur, ich sah nur Vergänglichkeit. Das versuchte Lächeln wirkte falsch und verkrampft, und ich fragte mich, was ich hier solle. Nach einer Weile hauchte ich gegen den kalten Spiegel, bis das Gesicht verschwand.

Lass uns in den Süden fahren, hatte Sabine einige Tage nachdem sie mir in die Augen gesehen hatte, gesagt, nach Italien, eine Woche nur, und mich dabei angesehen, als könne der Süden uns retten. Es stimmte ja, sie hatte zu viel gearbeitet in den letzten Monaten, vermutlich würde der Urlaub ihr gut tun. Ich hatte gerade keinen Auftrag und erst recht keine Idee, also waren wir losgefahren, hatten es aber nicht einmal über die Berge geschafft. Sabine hatte eine Ewigkeit zum Packen gebraucht und ein Stau auf der Autobahn uns einige Stunden gekostet, doch es schien Sabine nicht zu stören, dass wir die Nacht hier im Vorland der Berge würden verbringen müssen. Sie war erstaunlich gelassen, der ungeplante Aufenthalt schien sogar ihre Fantasie zu beflügeln. Noch bevor wir überhaupt eine Unterkunft gefunden hatten, schwärmte sie schon von einer kleinen Pension in den Bergen, die jetzt in der Dämmerung freilich nur noch zu erahnen waren. Sabine aber hatte trotz der Kühle die Scheibe heruntergelassen, tief durchgeatmet und gesagt, da irgendwo müssten die Berge sein, sie könne sie schon riechen.

Es war dann ein Gasthof mit Fleischerei in einem der verschlafenen Dörfer gewesen, der plötzlich im Licht der Scheinwerfer aus dem Nebel aufgetaucht war. Wir hatten die Autobahn irgendwann verlassen, waren viele Kilometer wie durch einen grauen Tunnel gefahren, wir wussten nicht, wo wir waren, der Nebel hatte die Landschaft geschluckt, nur manchmal blitzten die Augen einer Katze auf, oder das Licht streifte ein an den zerschundenen Stamm eines Straßenbaumes genageltes Kreuz. Einmal musste ich mit scharfer Lenkbewegung einem Gegenstand ausweichen, vielleicht dem Kadaver eines Tieres oder einem Stück Lumpen. Sabine hatte gekreischt und mir dann Vorwürfe gemacht, wahrscheinlich wäre sie lieber selbst gefahren.

Auch der Gasthof schien im Nichts zu stehen. Es war das einzige Haus des Dorfes, in dem man noch Licht erkannte, obwohl der trübe Vorfrühlingstag erst begann, in den Abend zu dämmern. Übernachtungsgäste schienen hier selten, trotzdem hatte der Wirt, ein träger, vierschrötiger Kerl mit Schnauzbart und wildem Haar, uns nur widerwillig ein Zimmer vermietet. Auch die Männer, die in grünen Lodenjacken um den Stammtisch in der düsteren Stube unter einem die Glühbirne umwindenden Dornenkranz aus Damhirschgeweihen saßen, hatten uns misstrauisch gemustert. Es war nicht ersichtlich, ob sie schon den ganzen Abend geschwiegen hatten oder erst nach unserem Eintreten in dieses dumpfe Stieren verfallen waren, in dem sie dem ausgestopften Kopf des Widders glichen, der seitlich über ihren Köpfen zwischen alten Fotografien an der holzgetäfelten Wand direkt neben dem Kruzifix hing und keinen aus den gläsernen Augen ließ. Sein Blick hatte etwas seltsam Lauerndes. Vielleicht hatten die Männer miteinander gestritten oder brüteten über einem geheimen Plan, in ihren Gesichtern rang Konzentration mit Müdigkeit. Gesichter, die auch jetzt am Abend noch verzerrt waren von den Anstrengungen des Tages. Zwei hatten die Hüte noch auf dem Kopf und einer eine Glatze. Mir schien, sie schwiegen im hiesigen Dialekt. Manchmal hob einer gelangweilt sein Glas und schnaufte erleichtert, nachdem er es wieder abgesetzt hatte und sich den Schaum von den Lippen wischte. Der Wirt war in der Küche verschwunden, wir hörten ihn Schnitzel klopfen und wagten nicht zu sprechen. Die lange Fahrt hatte uns ausgelaugt, wir fröstelten, erst als das Fett in der Pfanne zischte, flüsterte Sabine mir etwas zu, das nach Süden klang und nach Wärme, genau hatte ich es nicht verstanden und auch nicht nachgefragt. Irgendwann legte sie ihren Kopf an meine Schulter, worauf einer der Geheimbündler vom Stammtisch sich räusperte und offen feindselig zu uns herübersah.

An seinen Blick hatte ich denken müssen, als ich eine Stunde später auf dem Bett saß und plötzlich aus dem Bad Sabines Schrei hörte. Sie kam aus der Tür gestürzt, nackt, nur das Badetuch vor die Brust gepresst, sie sah reizend aus, wie an einem jener heißen Tage am Meer während unseres ersten gemeinsamen Urlaubs, aber in ihren Augen war das Entsetzen sofort zu erkennen. Ich dachte natürlich gleich an eine Spinne, wir sind immerhin lange genug zusammen, und aus Erfahrung wusste ich, dass nun jeder Einwand zwecklos sein würde. Widerwillig erhob ich mich, um das Untier, das es in Sabines Augen war, zu beseitigen. Im Bad war es kalt, es roch stark nach Desinfektionsmittel. Bewaffnet mit einem Fetzen Toilettenpapier, suchte ich die Wände ab, hob den mit braunem Plüsch bezogenen Klodeckel, nichts, ich zog sogar die Falten des Duschvorhangs auseinander, konnte aber weder eine Spinne noch anderes Ungeziefer entdecken. Erst als Sabine mich darauf aufmerksam machte, sah ich, dass eine der gekachelten Wände der Duschecke sich wölbte, eine beulenartige Erhebung zog sich mannshoch über die Rückwand. Wir sahen uns an, und obwohl wir kein Wort sagten, kam mir der gleiche Gedanke, den auch Sabine gehabt haben musste: Es sah aus, als sei hier ein Mensch eingemauert. Das Zimmer war seit Jahren nicht mehr renoviert worden, wieso war noch keinem Gast diese merkwürdige Wölbung aufgefallen? Aber woher wollte ich das wissen?

Ich hatte mich schnell wieder im Griff, bemühte mich Witze zu machen und fand Sabines Reaktion überzogen, sie war regelrecht hysterisch geworden, und ich glaube, sie zitterte leicht. Anfangs amüsierte mich ihre Angst, doch als sie sich weigerte, das Bad noch einmal zu betreten, und auf sofortige Abreise drängte, war ich genervt. In der Nacht war im Haus ein merkwürdiges Poltern zu hören, wie auf einer hölzernen Kegelbahn, auf dem Gang schien plötzlich Betrieb zu sein, ein Gehen und Kommen schlurfender Schritte, dann ein wildes Getrappel, als jage der Widder über den Flur, doch stellte ich mich schlafend, ignorierte es, wenn Sabine in der Dunkelheit ängstlich meinen Namen sagte oder ihre Hand nach der meinen suchte. Einmal wachte ich auf und hatte den Gedanken, die Wand in der Duschkabine gleiche dem Bauch einer Schwangeren. Mir fiel ein, dass wir uns nicht einmal den Namen des Dorfes gemerkt hatten. Sabine hatte zwar versucht, ihre Mutter zu erreichen, doch das Handy hatte kein Netz gefunden, niemand wusste, wo wir abgestiegen waren. Sollten wir hier zu Opfern eines Verbrechens werden, so würde unser Verschwinden spurlos sein. Einen Moment lang beunruhigte mich dieser Gedanke sogar. Ich stand auf, schlich leise ins Bad, trat in die Dusche und klopfte vorsichtig gegen mehrere Stellen der Wölbung, die hohl klang, strich dann mit der flachen Hand über die Fliesen, die überraschend warm waren, Körperwärme, dachte ich und musste mir eingestehen, dass es ein angenehmes Gefühl war.

Sabine hatte es am Morgen eilig, in der Nacht habe sie seltsame Geräusche gehört. Du hast sicher schlecht geträumt, sagte ich, doch sie bestand darauf, erst an der nächsten Raststätte zu frühstücken, hier wolle sie auf keinen Fall bleiben, entschied sie. Der Wirt zuckte mit den Schultern, warf mir einen mitleidigen Blick zu, Reisende soll man nicht aufhalten, sagte er und ließ das Geld unter seiner blutbeschmierten Schürze verschwinden. Auch an seinen riesigen Händen klebte Blut. Ich spürte den Blick des Widders im Nacken und vergaß, den Wirt um eine Quittung zu bitten, die vielleicht unseren Aufenthaltsort verraten hätte.

Der Gasthof musste sehr alt sein, mir gefielen die dicken, weiß getünchten Mauern mit den winzigen, von Arabesken umrandeten Fenstern, die an Schießscharten erinnerten, im Erdgeschoss schmiedeeisern vergittert waren und das Gebäude wie eine Trutzburg erscheinen ließen, eine bäuerliche Festung, doch nirgends ein Schild, das den Namen des Gasthofs preisgab, lediglich eine Fahne zeigte einen Widderkopf, offenbar das Hauswappentier. Es wunderte mich nicht, dass diese Mauern ein Geheimnis bargen, ein Geheimnis, das für mich in diesem Moment allerdings längst jeden Schrecken verloren hatte. Hier, in dieser Abgeschiedenheit, dachte ich, würde ich vielleicht arbeiten können. Der Nebel des Vortages war verschwunden, es war kalt, die Kastanie im Hof war von Raureif überzogen, an einem der schwarzen ausladenden Äste hing eine Schaukel, deren Ketten in der Morgensonne glitzerten. Lena fiel mir ein, damals auf dem Spielplatz, das musste im Sommer vor fast zehn Jahren gewesen sein, doch ich hatte das Lachen von Katharinas Tochter noch im Ohr, als Sabine nach mir rief. Im Vorübergehen stieß ich die Schaukel an, die leise ächzte, der Raureif rieselte von den Ketten, vielleicht hätten wir Kinder haben sollen, dachte ich.

Es roch nach feuchtem, frisch geschlagenem Holz, und aus einem der flachen Seitengebäude hallten dumpfe Schläge, in die sich manchmal ein eigenartiges Quietschen mischte. Als ich das Eis von der Scheibe des Autos schabte, kam ein schwarzer, zottiger Fleischerhund aus dem Schuppen, Sabine stieg ins Auto und zog hastig die Tür zu. Der Hund war riesig und schien stumm zu sein, jedenfalls bellte er nicht. Als er sich aufrichtete und mit seinen Pfoten an der Scheibe scharrte, war das Kratzen der Krallen zu hören. Er hatte dabei den Kopf schräg gelegt und wedelte aufgeregt mit dem Schwanz. An den Lefzen hing in langen Fäden der Speichel, und der Atem dampfte. Ich stellte mir vor, wie Sabine von dem Geräusch erschauerte und wie der Anblick der sabbernden Fleischerhundeschnauze sie ekelte. Ich ließ mir Zeit, einen Augenblick lang sah ich ein Kind am Auto stehen, ich sah Sabines schmerzvoll verzerrtes Gesicht hinter der Scheibe und ahnte, dass mein Gedanke an Kinder genauso vergeblich war wie ihre Hoffnung auf den Süden. Sabine hatte entschieden, und ich hatte mich gefügt. Nun mach schon, sagte ihr genervter Blick, doch ich kraulte lange den Kopf des Hundes, dessen Augen mich an den Blick des Widders erinnerten. Als wir losfuhren, trottete der Hund eine Weile dicht neben dem Auto her, wurde mit ihm schneller, sprang sogar einige Male vor den Kühler, ich versuchte ihn nicht aus den Augen zu lassen, verlor ihn trotzdem aus dem Blick und sah ihn erst wieder im Rückspiegel unterm Ortsschild stehen, das aber aus der Entfernung schon nicht mehr zu lesen war.

Schnell hatten wir die Autobahn erreicht, Sabine schwieg, wir fuhren auf die Berge zu, auf einigen Gipfeln lag noch Schnee, vielleicht konnte Sabine ihn schon riechen. Ich schaltete das Radio ein. Ohne ein Wort zu sagen, schaltete es Sabine ein paar Minuten später wieder aus. Bald kündigte ein Schild die nächste Raststätte an, Sabine fragte, ob ich auch tanken wolle. Lass uns umkehren, sagte ich. Sabine sah mich entsetzt an und verstand nichts. Sie fragte besorgt, ob ich müde sei, ob nicht lieber sie fahren solle. Schon gut, sagte ich, vergiss es. Ich hielt das Lenkrad in der Hand und wusste, dass ich die Richtung längst nicht mehr bestimmte. Das Auto fuhr stur auf die Berge zu, die jetzt wie eine Wand vor uns standen. Dahinter wird es wärmer, sagte Sabine, und ich trat aufs Gaspedal.

Mir ist kalt geworden, ich stehe am Klosterplatz, wo jetzt die Endhaltestelle der Straßenbahn ist und außer dem Namen von Karls Kneipe und deren barockgelb getünchter Hauswand nichts mehr an ein Kloster erinnert. Karls Klosterstube hat mit einem Kloster ebenso wenig zu tun wie mit einer guten Stube, statt des Gekreuzigten hängt hier ein Marlboro-Mann neben einem eingestaubten Pferdehalfter an der Wand, und auch Karls schwarze Kleidung ist nicht den Benediktinern, sondern seinem Privatheiligen abgeschaut: Johnny Cash. Schwarze enge Lederhose, schwarzes Hemd und Cowboystiefel, der bestgekleidete Wirt vor dem Herrn. Das Gesicht zudem von schwarzen Koteletten und einem schwarzen Hut gerahmt. Den farblichen Gegenpol bildet John Wayne, ein isabellfarbener Mops, der meist hingestreckt auf einer karierten Satteldecke schläft und immer seine schwarze Nase rümpft. John Wayne ist äußerst hellhörig, vielleicht sogar musikalisch, manchmal, wenn Johnny Cash singt, hebt er den Kopf und beginnt leise zu winseln. Denn Johnny Cash ist es, der in Karls Kneipe den Ton angibt, und wenn *Were You There When They Crucified My Lord* aus den Boxen dröhnt, scheint die Klosterstube sogar etwas von ihrer ursprünglichen Bestimmung zurückzugewinnen. John Wayne beginnt dann laut zu jaulen, vielleicht ist er auch religiös. Karls Altar aber ist ein großer ausgedienter Apothekenschrank mit einem ganz ansehnlichen Whiskyangebot, doch ich widerstehe der Versuchung, mir diese Heiligtümer jetzt auch nur anzusehen, und beschließe damit bis nach dem Abendmahl zu warten.

Die Drinks aber werden sicher schon geschüttelt, denn der Platz vor der Klosterstube vibriert im Lärm des beginnenden Feierabendverkehrs. Die Straßenbahn nimmt mit lautem Kreischen die enge Kurve, sodass die ersten Arbeiter aus der Fabrik, die Büroangestellten und verspäteten Schüler, die gerade noch ihre Köpfe gegen die Scheiben gelehnt hatten, als schliefen sie, aufschrecken und nun ungläubig und orientierungslos aus dem Fenster starren. Einer dieser Blicke trifft den meinen – sind das nicht die gläsernen Augen des Widders? – und hält ihm solange stand, bis ich verwirrt die Augen niederschlage und beschließe zurückzugehen. Über dem Hügel westlich der Stadt braut sich ein Unwetter zusammen, eine graue, tief hängende Wolkenfront ist aufgezogen und verfinstert den Himmel. Nur durch eine kleine runde Öffnung, die wie ein Einschussloch aussieht, fallen noch ein paar Sonnenstrahlen. Ich muss an Erleuchtung denken und an alte Heiligenbilder, doch dann, von den rasch ziehenden Wolken gelenkt, gleitet der helle Strahl über die Dächer und tastet die Stadt ab wie ein Suchscheinwerfer.

Sabine ist noch nicht da, als ich die Wohnung betrete, also setze ich mich noch einmal an den Schreibtisch und spiele ein bisschen Arbeiten. Noch einmal lese ich den Text, den ich am Vormittag geschrieben habe, er ist in der Zwischenzeit nicht besser geworden, doch die geschönten Fakten werden vermutlich ausreichen, um den Deutschen Fleischer-Verband oder die Gesellschaft für Urologie zu einer Tagung in die Stadt zu locken, und darauf kommt es schließlich an. Gerade als ich den Text abgeschickt habe und das Dokument danach sofort angewidert in den Papierkorb schiebe, höre ich, wie Sabine mit ihrem Schlüssel an der Wohnungstür hantiert. Ich könnte jetzt aufstehen und sie mit einem Kuss begrüßen, doch ich bleibe sitzen und starre konzentriert auf den Bildschirm. Schon zurück?, fragt sie mit lauerndem Ton und streift sich dabei ihre Pumps von den Füßen. Sie kommt in mein Arbeitszimmer, flüchtig berühren ihre Lippen meine Wange. Ihr Parfüm behauptet sich gegen meinen Zigarettenqualm. So riecht also Arbeit, denke ich und ignoriere ihre Frage, die wahrscheinlich nur eine Falle ist. Oder sollte sie mich doch gesehen haben? Tatsächlich verwendet Sabine für die Dienststelle ein anderes Parfüm als wenn wir zusammen ausgehen. Mein Gott, wann sind wir eigentlich das letzte Mal zusammen ausgegangen? Das Fallmanagerinnenparfüm riecht so stark, als hülle sie sich damit in einen Kokon, es ist aufdringlich, dabei hat es keine andere Aufgabe, als Sabine vor ihren Klienten abzuschirmen. Sie scheint sich dessen zu schämen, sie nennt es trotzig dezent. Ich nenne sie Schatz und frage, wie ihr Tag gewesen ist. Klaus meint, dass in den nächsten Tagen endlich der Monteur kommt, um das defekte Fenster abzudichten. Ich kann mich nicht mehr erinnern, wann sie dazu übergegangen ist, unseren Hausmeister beim Vornamen zu nennen, glaube aber nun den Grund für ihre Frage zu kennen, die sich sogleich in eine hinterhältige Frage verwandelt. Schon zurück? Wehovsky hat mich sicher wieder angeschwärzt! Der Text ist fertig, melde ich mit gespieltem Stolz, doch als ich mich über den Hausmeister und meinen Rechtfertigungsversuch zu ärgern beginne, höre ich schon das Wasser in die Wanne rauschen.

3

Natürlich weiß ich genau, wann Sabine diesen Wehovsky zum ersten Mal Klaus genannt hat, jedenfalls mir gegenüber, auch wenn mir der Grund damals rätselhaft geblieben war. Es war erst vor drei Wochen auf dieser Reise in den Süden gewesen, wir hatten auf mein Drängen die Autobahn im Inntal verlassen und auf einer schmalen, sich durch abgelegene Dörfer schlängelnden Passstraße den Kamm des Gebirges erreicht. Die Gipfel der Berge waren schneebedeckt, und auch links und rechts der Fahrbahn türmte sich noch der Schnee und hatte die Straße in einen Hohlweg verwandelt. Sabine sagte, es sehe aus, als ob Klaus schon vor uns hier gewesen sei. Die Bemerkung war viel zu lächerlich, um mich hellhörig werden zu lassen, mir schien es abwegig, wie man angesichts dieser grandiosen Gebirgskulisse an unseren armseligen Hausmeister denken konnte, der mit seinem blauen Plastikschneeschieber den Schnee aus der Einfahrt räumt. Dann war er sicher gestern Abend beim Hausfrauenstrip, hätte ich fast gesagt. Ich kam nicht einmal auf den Gedanken, dass es zu diesem ersten Mal eine Vorgeschichte geben musste.

Jenseits des Passes, nach Süden zu, begann es zu tauen. Ich ließ den Wagen im Leerlauf die von Schmelzwasser überspülten Serpentinen hinunterrollen, man hätte glauben können, die Rinnsale schwemmten uns bis ins Meer. Im Gegenlicht glänzte die Straße golden, die weißen Wände und mit ihnen der Gedanke an den

Hausmeister lösten sich allmählich auf, schon fuhren wir an den ersten Apfelplantagen vorbei. Die kahlen Äste klammerten sich an Drähte, die das ganze Tal durchspannten, und bald schraffierten die ersten Zeilen der Weinspaliere die Hänge, als exerzierten die Reben oder man habe die Berge gekämmt, dazwischen erhoben sich spitze Kirchtürme, spartanisch, wie mit Kinderbauklötzen errichtet, alte Burgen thronten auf Felsspornen oder schwebten über vereinzelten Nebelbänken, und es wurde mit jedem Kilometer wärmer. Wir bejubelten jedes Grad, um das das Thermometer stieg. Ein Hauch von Erwartung überkam mich, und plötzlich lehnte Sabine ihren Kopf an meine Schulter. Es war ein angenehmes Gefühl, ich schob meinen Körper etwas in ihre Richtung, ohne die Straße außer Acht zu lassen. Ich pass schon auf, sagte ich leise, ihrem Einwand zuvorkommend. Ich wusste, ich liebe sie noch immer, ihr affektierter Auftritt im Gasthaus war vergessen, Wehovsky weit weg, und wir fuhren in den Süden, dessen Licht nun auch im Inneren des Wagens leuchtete, aber auch die Schlieren sichtbar machte, die die Wischerblätter auf die Frontscheibe gezirkelt hatten.

Sabine kommt aus dem Bad, wieder hat sie nur ein Handtuch um ihren Körper geschlungen und vor der Brust verknotet. Auch auf ihrem Kopf türmt sich ein Handtuch zu einem flauschigen Turban. Die Vitalität ihres Körpers macht mir manchmal Angst. Sie hat die Tür zu meinem Arbeitszimmer offen gelassen, sie geht zum Kleiderschrank und wirft ein seidenes Hemd auf die Lehne eines Stuhls, von wo es zu Boden gleitet, es sieht aus, als fließe der Stoff. Barfuß läuft sie durchs Zimmer, ihre feuchten Spuren sind noch sichtbar, als ich sage, Frau Hartmann trage jetzt eine Perücke. Und, steht sie ihr?, fragt Sabine, löst die Pflaster von den Seiten ihrer geschwollenen Füße und beginnt ihre Zehennägel zu lackieren. Sie hat Krebs, rufe ich. Oh, macht Sabine. Wie alt ist sie eigentlich, will sie wissen, als könne das dem Befund etwas von seinem Schrecken nehmen, außerdem, sagt sie, sei Krebs heute schon in vielen Fällen heilbar. So, denke ich, spricht also eine Fallmanagerin. Ich schweige und starre zu ihr hinüber, sie hat sich kleine Mullfetzen zwischen die Zehen geklemmt und bläst mit gespitzten Lippen auf den Lack.

Leg doch mal bitte eine CD ein und hol eine Flasche Wein, ruft sie in einem Ton, der wohl bedeuten sollte, dass sie ein Recht auf ihren Feierabend hat und nicht mit Frau Hartmanns Krebs belästigt werden will. Sabine scheint nicht bemerkt zu haben, dass sich das Handtuch gelöst hat, oder sie hat es gemerkt und wartet auf meine Reaktion. Sie ahnt wahrscheinlich, wie der Anblick ihrer nackten Brust meinen aufkeimenden Groll ersticken wird. Wenn Wehovsky sie so sehen könnte, denke ich und bin entschlossen, ihre nackte Brust zu ignorieren. Soll ich die Heizung zurückdrehen? Ein wenig bin ich stolz auf meinen Widerstand, den ich in ein paar Minuten sicher bereuen werde. Sie lächelt herausfordernd, angelt sich das Hemd, doch die Zeit, die sie braucht, um es überzustreifen, scheint mir aufreizend lang.

Mir fällt Frau Hartmanns Großvater ein, der, bevor er den Braunhemden zujubelte, zu den ersten Verfechtern der Freikörperkultur gehört hatte. Seine Enkeltochter, die noch heute von seiner Uniform schwärmt, hat mir das verschwiegen, vielleicht weiß sie davon nichts oder schämt sich dieses Kapitels seines Lebens. Schweinkram, sagte sie, als ich sie darauf ansprach, und zu meiner Überraschung rötete sich das Gesicht der Dreifachverheirateten, die täglich ganze Reihen von barbusigen Covergirls vor Augen hat. Nachdem sie von seinen Gedichten erzählt und ich daraufhin einige Recherchen angestellt hatte, war ich statt auf Verse zunächst auf einen reichlich bebilderten Artikel einer Zeitschrift der Lebensreformbewegung gestoßen, in dem ein gewisser Wilhelm Hildebrandt gegen das Korsett wetterte und den nackten Menschen ein Jauchzen der Zukunft nannte. Die Fotos zeigten nackte Frauen in bizarren Verrenkungen oder auf Wiesen Luftsprünge vollführend, ihre verträumten Blicke waren zumeist gen Himmel gerichtet, während die Männer aus ernsten, wie gemeißelt wirkenden Gesichtern entschlossen in die Kamera blickten und sich ihre makellosen Körper in Athletenposen gefielen. Wilhelm Hildebrandt pries zwar die *Steinach'schen Verjüngungsversuche* – der Sexualforscher Eugen Steinach propagierte eine Unterbrechung der Samenleiter zur Verjüngung des Körpers –, versprach sich aber vor allem vom Luftbaden eine Verlängerung des Lebens. Er hätte dabei bleiben sollen, denn erst als er sich ein braunes Hemd über den nackten Leib gezogen hatte, erkältete er sich.

Die Musik, die Sabine inzwischen selbst aufgelegt hat, ist wie eine Aufforderung an mich, nun auch endlich ins Wohnzimmer zu kommen, eine Aufforderung, der ich, wenn auch schweren Herzens, nicht folge. Als ich den Schreibtisch dann doch endlich verlasse, ist es zu spät, Sabine liegt auf dem Sofa und schläft. Ich würde sie gern wecken, weiß aber, wie gereizt sie reagieren würde. Sie schlafen zu lassen, ist zwar auch nicht besser, denn dann wird mich ihr Ärger darüber, dass ich sie nicht geweckt habe, morgen treffen. Vorsichtig decke ich sie zu und gehe zu Karl in die Kneipe.

Damals, bei der Fahrt hinab zum Gardasee, der wie ein bäuchlings ans Ufer geworfener Fisch zwischen den dunklen felsigen Hängen schillerte, leuchteten in den Gärten schon die Mimosen. Auch die Mandelbäume blühten, und Sabine sog die Luft ein, als sei der Duft auch im Inneren des Wagens spürbar. Doch dann, als wir das Auto verlassen hatten, um in einer kleinen Bar an der Uferstraße zu rasten, spürten wir den kühlen Wind, der aus dem Süden ins Tal kam und Sabine noch einmal zittern ließ. Ein Kahn lag auf schaukelnden Wellen, das Knarren des Holzes mischte sich mit dem Glucksen des Wassers, und vor der Tür der Bar warb ein Plakat für eine Surf-Schule. Diesmal war es der ausgestopfte Kopf eines Wildschweins, der an der Wand neben einer Reihe noch mit Fell umhüllter Schinken und wie gepudert wirkender Würste hing und uns mit dem gleichen durchdringenden Glasaugen-Blick empfing wie der Widder am Abend zuvor. In einer düsteren Ecke flimmerte ein Fernseher, bunte Segel blähten sich, begleitet von psychedelischer Musik, in einer Endlosschleife im Wind. Die Kellnerin hantierte vor einem riesigen Weinregal mit geübten Griffen an der Espressomaschine, entlockte ihr Dampfwolken und ein Fauchen, Gurgeln und Röcheln, das tatsächlich Wärme verhieß. Ihr glattes schwarzes Haar hing wie eine Burka um ihren Kopf, nur für das Gesicht war ein schmaler Streifen ausgeschnitten. Sabine ließ die junge Frau nicht aus den Augen, als müsse sie deren Eignung für eine von ihr zu vermittelnde Stelle prüfen. Die Frau komme aus Osteuropa, Slowenien oder Kroatien, stellte Sabine plötzlich fest, ein wenig verärgert, wie mir schien, als bereue sie, für die anstehende Bestellung mühevoll einige italienische Worte aus dem Gedächtnis hervorgekramt zu haben. Entspann dich, mich erinnert sie eher an eine dieser Mangafiguren, sagte ich und legte meine Hand auf ihre kalten Finger. Du hast gut reden, fuhr sie mich an, hielt dann aber inne, vielleicht weil die Kellnerin in diesem Moment an unseren Tisch trat. Sabine entzog mir ihre Hand, und ich lächelte die Kellnerin an, eine Spur zu dankbar vielleicht, was Sabine nicht entging. Trotzig bestellte sie auf Deutsch. Vor dem Fenster, zwischen den sich biegenden Ästen einer Mimose, war der See jetzt dunkel, fast schwarz, nur weit entfernt, fast am anderen Ufer blitzte noch ein schmaler Streifen silbern auf. Am Nachbartisch waren zwei Gäste auf uns aufmerksam geworden, ältere Männer, unrasiert und mit kappenartigen Mützen, Fischer vielleicht, falls es Fischer hier überhaupt noch gab. Sie schauten ungeniert zu uns herüber und lachten, im Schutz der uns fremden Sprache fühlten sie sich sicher, während wir eine Verhöhnung witterten. Sie redeten laut, ihre Blicke ließen keinen Zweifel daran, worüber. Bald wandten sie sich wild gestikulierend an die Kellnerin, die sich jedoch auch uns als ihren Gästen verpflichtet zu fühlen schien und deshalb nur widerwillig und in einem Tonfall antwortete, der die Spötter beschwichtigen sollte. Im Spiegel hinter dem Tresen sah ich alles noch einmal, die Kellnerin, die Männer nannten sie Maria, hatte der Szenerie kopfschüttelnd den Rücken zugewandt, das Paar an unserem Tisch wirkte fremd und seltsam erstarrt, und die Gesten der Männer mit ihren marineblauen Mützen schienen wie die Allüren selbstverliebter Darsteller jedes Bezuges enthoben.

Beim Espresso machte Sabine einen merkwürdigen Beigeschmack aus, was ich ignorierte, der Espresso war wunderbar. Wir rauchten schweigend, und ich vermied es, sie anzusehen. Nur im Spiegel traf sich einmal zufällig unser Blick. Als ich bezahlte, schenkte mir die Kellnerin ein Lächeln, herausfordernd und mit einem leichten Anflug von Spott, ein Lächeln, das noch lange nachwirken würde und mir sofort das Gefühl einer verpassten Gelegenheit gab. Ich könnte einfach noch eine Weile bleiben, allein mit einer Karaffe Wein am Tisch sitzen und der Kellnerin zusehen, allein gehörte ich plötzlich dazu, irgendwann würde ich vielleicht sogar an den Tisch der

Männer treten, sie um eine Fahrt auf den See bitten oder warten, bis die Kellnerin Feierabend hätte, und mit ihr wie selbstverständlich das Café verlassen. Ich fragte mich, ob sie uns nachsah, als wir die Bar verließen, ich mich zu Rücksichtnahme verpflichtet fühlte und Sabine am Ufer des Sees den Arm auf die Schulter legte und erklärte, dass die Venezianer im 15. Jahrhundert für den Kampf gegen die Mailänder von der Adria Schiffe mit Hilfe von Ochsen bis zum Gardasee geschafft hatten, erst über die Etsch, dann durch die Berge, wie im Film *Fitzcarraldo*, den wir zusammen gesehen hatten, und dass später Goethe, der hier zu seiner *Iphigenie* inspiriert wurde, ganz in der Nähe eine Burg gezeichnet habe und deshalb in Verdacht geriet, ein österreichischer Spion zu sein. Aah, machte Sabine, nannte das interessant, doch ich hatte den Verdacht, dass sie es für nutzloses Wissen hielt. Dafür erinnerte sie Goethe an den Blick aus ihrem Bürofenster. Und dann sagte sie mir zum ersten Mal, dass sie von ihrem Bürofenster aus ab und zu sehe, wie ich auf der Goetheallee dahinschlendere, genau das war damals am Ufer des Gardasees ihr Wort, dahinschlendern, manchmal schon am Vormittag, obwohl sie eigentlich gar keine Zeit habe, aus ihrem Bürofenster zu schauen, sehe sie mich oft, und sie frage sich manchmal schon, was ich da tue, aber das solle natürlich kein Vorwurf sein. Einmal habe ich, behauptete sie, vor der Wohlgemuthschen Buchhandlung gestanden und in das Schaufenster gestarrt, so lange, dass sie gedacht habe, ich betrachte statt der Bücher nur mein eigenes Gesicht. Ich ging darauf nicht ein. Drüben in Limone, sagte ich auf das gegenüberliegende Ufer weisend, blühen bestimmt die Zitronenbäume. Sabine jedoch wollte nach Verona.

4

Gegen meine Besuche der Klosterstube hat Sabine meist nichts einzuwenden. Geh doch, sagt sie etwas gönnerhaft, wohl auch, weil ich diesen Ausflügen einen dienstlichen Anstrich zu verpassen verstehe, ganz wie unser Hausmeister seinen Visiten in der Nachtbar. Die Geschichten, die sie auf der Straße liegend vermute, wären wohl eher an Karls Tresen zu finden, behaupte ich und stecke mir, mehr demonstrativ als vorsorglich, immer ein Notizbuch ein. In der Klosterstube allerdings geht es in Wahrheit ziemlich maulfaul zu, was nicht an einem überkommenen Schweigegelübde liegt, sondern an Johnny Cash, der seine Geschichten meist viel zu laut und in einer Endlosschleife wiederholt. Die ergrauten Köpfe am Tresen nicken dazu, als hätten sie es immer schon gewusst.

Auch Karl spricht nicht viel, dafür aber laut, was sicher auch an Johnny Cash liegt. Außerdem unterstützt er noch den banalsten Satz mit weit ausholenden Bewegungen oder Gesten, flicht sie regelrecht in sein Reden ein, als misstraue er den Worten, doch der Nachdruck, den er sich davon erhofft, wird durch das wilde Gefuchtel seiner mit großen silbernen Ringen beschwerten Hände eher karikiert als betont, was nur er selbst nicht zu bemerken scheint. Die Geschichten, die er erzählt, kennen wir ohnehin, denn in Summe ist es seine Geschichte. Als er sie mir zum ersten Mal erzählte, war das wie ein Ritterschlag. Meine Besuche hatten, wohl auch aus Mangel an Alternativen, eine gewisse Regelmäßigkeit angenommen, das musste belohnt werden, doch die anderen haben schon damals genervt die Augenbrauen gehoben.

Karl ist Mitte vierzig, wie ich, auch wenn sein altertümlicher Name vielleicht anderes vermuten lässt. Er war das schwarze Schaf einer protestantischen Pastorenfamilie aus einem abgelegenen Dorf irgendwo in Mecklenburg, einem richtigen Kuhkaff, wie er sagte und dabei auf den bleichen Schädel eines Hornviehs wies, den er an einen Holzbalken über John Waynes Ruhelager genagelt hat. Nach dem Studium hat er in einem Rechenzentrum der Deutschen Bahn gearbeitet, die damals noch Reichsbahn hieß. Tag für Tag der gleiche Stress, sagte er, Stechuhr, Stoßzeiten, Sonderschichten, aber gerade dabei blieb sein Körper so ruhig, als spräche er von Cowboys in weiter Prärie oder träge qualmenden Dampfrössern. Nachdem aus der Reichsbahn die Deutsche Bahn geworden war, wurde das Rechenzentrum im Osten aufgelöst. Karl begann zu rechnen, die ihm angebotene Stelle im Westen war lukrativ, doch er lehnte ab, er hatte damals Familie, blieb aber wohl vor allem, weil der Osten seinen Vorstellungen vom wilden Westen eher entsprach als ein klimatisiertes Hochhausbüro in Frankfurt am Main. Also entschied er sich für die gebotene Abfindung, nahm einen Kredit auf und das Geld seiner Frau und finanzierte sich so einen Reiterhof auf einem alten LPG-Gelände seines heimatlichen Kuhkaffs. Weiden und Koppeln, so weit das Auge reicht, glaubte man jedenfalls Karls Händen, die einen weiten Bogen zeichneten, denn auf die Augen sollte man sich im Qualm der Kneipe besser nicht verlassen. Der lang ersehnte Reiterhof, von dem heute nicht viel mehr als einige Requisiten und das Tattoo eines galoppierenden Mustangs auf Karls Unterarm geblieben sind, das er nun vorzeigt wie die Alten in seinem Dorf ihre Kriegsverletzungen. Denn natürlich hatte die Sache einen Pferdefuß. Über das Ende des Hofes gibt es verschiedene Versionen, in denen mal von Alkohol, mal von den Launen pubertierender Mädchen und den Verdächtigungen hysterischer Mütter oder von beidem die Rede ist. Gerüchte, behauptete Karl, zumindest was die Reitermädchen betraf, üble Nachrede der neidischen Kuhbauern, doch seine Frau hatte diesen Gerüchten geglaubt, sie hatte sich scheiden lassen und ihm bald jeden Umgang mit seinem Sohn verboten. Karl selbst gab natürlich der schlechten wirtschaftlichen Lage im Osten und den Banken im Westen die Schuld. Immerhin hatte er rechtzeitig die Zügel gezogen und sich vom Verkauf des Landes und der Pferde als Passagier eines Containerschiffes die Überfahrt über den Großen Teich leisten können. Denn es gab ja noch einen Traum, der gelebt sein wollte. Die Route 66. Der Wilde Westen, und diesmal war es das Original. Ein Traum, der auch eine Flucht war. Karl machte sich Vorwürfe, nicht um seine Frau gekämpft zu haben, vor allem aber um den Sohn. Doch ein Mann muss tun, was er tun muss, und Karl war ein Mann. Die Nachricht von der unerwarteten und nicht unerheblichen Erbschaft hatte ihn dann in Nashville, Tennessee, erreicht. Eine Tante, die ihr Vermögen der Heirat mit einem atheistischen Zimmermannsmeister und dessen Sturz vom Dach der Dorfkirche verdankte, und die, obwohl selbst kinderlos, eine Schwäche für den renitenten Nachwuchs ihres Prediger-Bruders hatte, machte ihn zum Universalerben. Ein Schweinegeld für einen gescheiterten Pferdewirt aus einem Kuhkaff, für unsereinen, wie Karl sagte, und er hätte nun eigentlich erst recht in Amerika bleiben können. Doch er kam zurück, warum, das verschwieg er, und der Stolz verbot ihm, in sein Dorf zurückzukehren, also übernahm er die Klosterstube und machte die einzige Kneipe der Vorstadt zum Zentrum der Country-Musik mit einem Herrgottswinkel für seine verstorbene Tante, deren Foto in einem goldenen Rahmen noch immer neben dem von Johnny Cash hängt. Wir nennen sie Johnny Cashs Schwiegermutter.

Karl kommt, während er spricht, manchmal hinter dem Tresen hervor und geht quer durch die Kneipe, nein, er schreitet, als vermesse er noch immer sein Land, und wohl auch, damit man seine Cowboystiefel sieht, die, über den Spitzen mit einem von Lochmuster durchbrochenen Lederstreifen verziert und mit Fransen am hohen Schaft, das Zeug zum Neidobjekt aller mecklenburgischen Kuhjungen haben, auch wenn ich bei ihrem Anblick eher an einen Rummelplatz denken muss. Manchmal hält er mitten im Satz inne, als müsse er sich seine eigene Geschichte erst ausdenken, und weiß dann doch immer weiter. Ich habe ihm schon damals gern und seither mit wachsender

Bewunderung zugehört, auch wenn die ortsansässigen Tresenlungerer ihn immer wieder an andere, bereits gehörte Varianten seiner eigenen Geschichte erinnern, Einwände, die der gestiefelte Wirt jedes Mal mit einer resoluten Handbewegung, die an einen Peitschenhieb erinnert, beiseite wischt. Vielleicht ist seine Geschichte ja wirklich nur erfunden, aber dann ist sie besser als die Wahrheit, was mich immer auch ein bisschen neidisch macht.

Katharina hätten Karls Stiefel und seine Geschichten gefallen, denke ich, während ich auf das erste Bier warte. Sie bekam ja schon leuchtende Augen, wenn ich von Italien erzählte. Also erzählte ich von Italien, wie man vom Ende der Welt erzählt. Ich erzählte nicht nur von Italien, sondern von uns in Italien. Wir könnten, sagte ich, lass uns zusammen, schwärmte ich, Venedig, die Toskana, das Mittelmeer. Das Leuchten ihrer schwarzen Augen begeisterte mich und spornte mich an. Oder nein, sagte ich, zuerst Verona, Julias Balkon, dann Venedig, die Toskana, vielleicht sogar Rom. Und unbedingt auch ins Gebirge, sagte ich, und Sizilien, nur wir beide. Katharina hatte die Kleinstadt, in der wir damals lebten, kaum verlassen, vielleicht hatte sie davon geträumt, aber als sie mit achtzehn ein Kind bekam, war von diesem Traum der Freiheit nicht mehr die Rede gewesen. Mit achtzehn hatte man in der Kleinstadt alle Freiheiten und konnte heiraten. Das Kind sei das Beste, was ihr im Leben passiert ist, sagte sie, aber mir schien, dass sie diesen Satz zu oft wiederholte. Immer wenn das Sehnsuchtsleuchten in den Augen am stärksten wurde, sagte sie, das Kind sei das Beste, was ihr im Leben passiert ist, um es später dann noch einmal zu wiederholen, nach einem langen Schweigen, nun mit niedergeschlagenem Blick und so, als wäre sie schon weit weg. Wie ein Seufzer klang das dann und auch ein wenig trotzig.

Ich habe Katharina damals geliebt, denke ich jetzt, auch wenn ich mir das später, um es zu glauben, immer erst wieder einreden musste. Katharina und das Kind, denke ich und erschrecke, denn Karl fragt, als er mir das Bier endlich über den Tresen schiebt, wie meine Aktien stehen. Er meint mein Verhältnis zu Sabine, und ich zucke mit den Schultern. Karl kennt Sabine nur flüchtig, sie war vor Monaten ein, zwei Mal mitgekommen, doch es war schnell klar, dass sie nicht hierher passte, was auch, aber nicht nur an Johnny Cash lag. Sabine liebt Édith Piaf. Karl hat das sofort gemerkt, und auch Sabine hielt mit ihrer Meinung danach nicht hinterm Berg. Karls Kundschaft, behauptete sie, erinnere sie an ihre eigene, es sei wie ein Heimatabend für Verlorene, und das brauche sie nach einem anstrengenden Arbeitstag nun wirklich nicht. Ich weiß nicht, ob sie Verlorene meinte oder Verlierer, bei diesem Vorstadtcowboy jedenfalls säßen die gleichen Typen, die sie tagsüber in Lohn und Brot zu bringen versuche. Sabine verwendet oft diese etwas altertümliche Formulierung, wahrscheinlich hat sie das von ihrer Mutter, die gern von ihrem Berufsleben spricht und noch immer stolz auf ihre Gewerkschaft ist. Ich aber denke dabei an harte Brotkanten, ich assoziiere bei dieser Formulierung den Geruch von Schweiß, beißendem Qualm und das laute Scheppern von Blech. Das alles hat nichts mehr mit den Jobs zu tun, die Sabine gelegentlich vermittelt, schon gar nicht passt es zu ihrem Parfüm und dem Glanz ihrer seidenen Unterwäsche, an die ich jetzt denken muss, während Karl die selbst gestellte Frage auf seine Art beantwortet. Er zielt mit dem Zeigefinger in die Luft, drückt ab und bläst dann den Rauch von der Mündung der imaginären Waffe. Weiber eben! Er meint weniger Sabine als vielmehr die Frauen im Allgemeinen, doch ich weiß nicht, ob ich ihm das zugutehalten soll. Immerhin spendiert er mir einen Whisky, und das scheint auch zu seiner Antwort zu gehören. Auf die Frauen, sage ich, fahre den Ellenbogen aus und stoße mein Glas an das seine, denn trinken kann man mit Karl auf alles.

Und sonst? Karl merkt zum Glück schnell, dass mir heute nicht nach Reden ist, wahrscheinlich ist ihm das ganz lieb, er nickt und lässt wortlos Bier ins Glas. Seine Hand mit dem silbernen Totenkopfring liegt schwer auf dem Hahn, manchmal läuft ein leichtes Zucken durch den Körper des Mustangs.

Lena, denke ich, muss damals vier oder fünf gewesen sein. Ich habe mich bemüht, ihr Vertrauen zu gewinnen, und wähnte mich auf einem guten Weg, obwohl ich glaubte, man müsse mir ansehen, dass ich nicht der leibliche Vater bin. Bei manchen Blicken fühlte ich mich ertappt wie ein Dieb, der seine Beute öffentlich zur Schau stellt. Einmal wurden wir auf dem Spielplatz von einer alten Frau beobachtet, die Lena zu sich rief, ihr mit der Hand übers Haar strich, mich ansah und dann sagte, die Kleine sei ganz der Vater. Ich war gerührt, doch als ich Katharina davon erzählte, widersprach sie energisch. Mir war nicht klar, ob sie nicht an den leiblichen Vater erinnert werden durfte oder nicht wollte, dass ich in ihre Erinnerung an den leiblichen Vater eindrang. Karl scheint meine Gedanken erraten zu haben, er runzelt die Stirn und dreht die Musik lauter. Diesmal ist es Gunter Gabriel. Zwei Männer, die eben noch mit stierem Blick am Tresen lungerten, wobei nicht zu erkennen war, ob ihre Müdigkeit von Anstrengung oder Langeweile herrührte, heben erschrocken ihre Bleichgesichter, beginnen dann, den hochbeinigen Barhockern die Sporen gebend, zu reiten und stimmen schallend ein: Hey Boss, ich brauch' mehr Geld!

Zahlen!, rufe ich.

Das Geld, mit dem ich mein Bier bezahle, ist Sabines Geld. Sie ist großzügig wie immer, ich kann mich nicht beklagen. Manchmal versucht sie mein Gefühl ihr auf der Tasche zu liegen, mit der Bemerkung zu zerstreuen, irgendwann werde sich alles ausgleichen. Sie sieht in mir eine Investition in die Zukunft, eine Zukunft, die Erfolg bedeuten würde, an den ich schon lange nicht mehr glaube. Ein Whisky geht noch, sage ich zu Karl.

Auf dem Heimweg durch die Goetheallee wechsle ich rechtzeitig vor der Wohlgemuthschen Buchhandlung die Straßenseite, ich bin noch nicht betrunken genug, um den Anblick der Auslage ertragen zu können, und nicht mehr nüchtern genug, die Realitäten zu akzeptieren. Das Schaufenster ist hell erleuchtet, es prahlt mit seinem honiggelben Licht und schickt goldene Strahlen bis zu mir, der ich mich eng an die gegenüberliegende Hauswand drücke.

In Verona war ich mit Sabine regelrecht eingefallen. Wir folgten den Schildern, die uns zunächst durch Industriegebiete und triste Vororte geleiteten, schnurstracks Richtung Zentrum, bis aus dem mehrspurigen, kilometerlangen Corso plötzlich eine Sackgasse wurde, die auf ein kleines Hotel zulief, wo wir schließlich ein Zimmer direkt an der Piazza Brá mit Blick auf die Arena fanden. Sabine hatte darauf bestanden, mich gleich danach ins Caffè Dante einzuladen, weil der Reiseführer behauptete, das Caffè Dante sei ein ehemals bekannter Literatentreffpunkt gewesen. Ich weiß nicht, an wie viele ehemals bekannte Literatentreffpunkte und ehemalige Dichterhäuser mich Sabine schon geführt hat, sie ist von den dort ausgestellten Reliquien tatsächlich ergriffen. Keine Ahnung, warum ausgerechnet sie beim Anblick von Thomas Manns Taufhemdchen in Entzückung gerät, es ist vielleicht ihre Art, an meiner Arbeit Anteil zu nehmen, der sie in diesen Momenten vielleicht sogar mit Ehrfurcht begegnet, zumindest aber mit Fürsorge. Ich hasse diese Orte, wo meist nur noch die Namen einiger Gerichte, immer aber die überhöhten Preise an ihre ehemalige Berühmtheit erinnern und sie damit gleichzeitig verhöhnen, so wie ihre Berühmtheit mich verhöhnt, aber ich machte Sabine auch diesmal die Freude mich zu freuen. Natürlich war das Caffè Dante viel zu voll, alle wollten sich in geborgtem Ruhm sonnen. Als Touristen waren wir darauf bedacht, nicht als Touristen erkannt zu werden, wir gaben uns italienisch, doch der Kellner drehte minutenlang Daumen und sah dann, endlich an unseren Tisch tretend, über uns hinweg, gelangweilt, wie mir schien, er hatte uns offenbar längst enttarnt und sofort als Touristen verurteilt. Er würdigte uns auch jetzt keines Blicks, stand nur, schwarz glänzend von den Schuhspitzen über die seidene Weste bis zum pomadigen Haar, mit patzigem Schweigen da, nun schon fast herrisch wie ein Ordnungshüter, als sei die Kellnerkluft nur eine perfide Verkleidung, was mir den aus Florenz verbannten Exilanten Dante Alighieri nahebrachte, dessen Denkmal draußen auf der Piazza dei Signori in der Sonne stand. Sabine riss mich einige Minuten später aus meinen Gedanken, indem sie mich sanft anstieß, mir zuzwinkerte, jetzt sitzen wir tatsächlich hier, in diesem berühmten Literatencafé, schien ihr Blick zu sagen, als sie mir mit der Kaffeetasse zuprostete. Kaffee Dante, schwärmte sie und so namhaft schien ihr das Getränk zu munden. Hier dürften nur Leute sitzen, die Dantes *Göttliche Komödie* gelesen haben, wagte ich einen letzten, freilich recht törichten Einwand, aber Sabine war der Meinung, nicht jeder, der einen Lichtschalter betätige, müsse sich mit elektrischem Strom auskennen.

Auf dem Weg zu Julias Balkon kamen uns auf der Via Capello zwei Afrikaner entgegen. Einer hatte mehrere übereinandergestapelte Hüte auf dem Kopf und trug einen Bauchladen mit exotischem Schmuck, der andere war mit vielen Taschen behängt. Immer wieder sprachen sie Touristen an und zeigten ihre Waren vor, doch niemand wollte etwas kaufen. Als die ambulanten Händler uns sahen, hielten sie einen Moment inne und schienen dann direkt auf uns zuzukommen. Vielleicht, dachte ich, ist in unseren Gesichtern zu lesen, dass wir als Schmuckkäufer in Betracht kommen, oder sie sehen es Sabine an, dass sie von Berufs wegen irgendetwas für sie tun kann. Ich wollte herausfinden, was an Sabine die Afrikaner zu dieser Vermutung hatte kommen lassen, musterte sie mit einem Seitenblick, doch Sabine fasste mich am Arm und zog mich energisch in eine andere Richtung. Nicht schon wieder, stöhnte sie, obwohl es die ersten afrikanischen Händler waren, denen wir auf unserer Reise begegneten. Doch Sabine erinnerten sie an die dunkelhäutigen Huren, die zwei Jahre zuvor die Landstraße von Siena ans Meer gesäumt hatten, eine Erinnerung die ihr nun, wir waren schließlich auf dem Weg zu Julias Balkon, unangenehm war. Überall auf der Via Capello gab es das Gedränge von Touristen, die sich zu mediterraner Ungezwungenheit zwangen und alles, was ihnen begegnete, schon von Ansichtskarten und aus Reiseführern zu kennen schienen. Statt dass sie den Dingen mit stummem oder manchmal begeistertem Erstaunen begegneten, quittierten sie sie oft mit einem gelangweilt wirkenden Kopfnicken, dem dann der lautstark vorgetragene Kommentar folgte, dass sie es sich genau so oder eben ganz anders vorgestellt hatten. Im Inneren des bis unter die Decke gefliesten Verkaufsraums einer Macelleria hantierte ein Mann in blutverschmierter Schürze, in dem ich den Wirt des Gasthofes zu erkennen glaubte, in dem wir übernachtet hatten. Als sich unsere Blicke trafen, hielt er einen Moment inne und schien mich zu erkennen. Er schüttelte den Kopf, als er das Messer an seiner Schürze abwischte, verwundert, mich noch immer an Sabines Seite zu sehen.

Im engen Durchgang zum Hof des Palazzo Capuleti gerieten wir in eine Schülergruppe, die jungen Leute kreisten uns ein und hielten lärmend ihre Handykameras hoch, sie drängten zu den Wänden, wo die mit Kaugummis befestigten Zettel wie Schuppen dicht an dicht hingen. In allen Sprachen der Welt waren hier die geheimsten Wünsche und Botschaften der Sehnsucht offen zur Schau gestellt, auch in den Ritzen und Fugen der maroden Mauern, und hinter jedem sich bietenden Halt klemmten solche Zettel, ein wahres Schlachtfeld der Liebesschwüre, vor denen die Schüler, ihre Zahnspangen entblößend, in pubertäres Gelächter ausbrachen oder scheue Seitenblicke riskierten, in denen kurz eine Zartheit und ein Staunen aufflammten, die sofort von einer Grimasse oder obszönen Geste entzaubert wurden. Wir wurden in den Innenhof geschoben und hoben wie alle der sich drängenden Besucher unwillkürlich den Blick hinauf zum Balkon über den schmalen vergitterten Fenstern, wo sich gerade eine Frau in theatralischen Posen gefiel und von unten mit Julia-Rufen zu immer neuen Gesten angefeuert wurde. Sie erinnerte mich an Frau Wohlgemuth, sie presste ihre Hände gegen die Brust und warf dann plötzlich die Arme in die Höhe, Weh mir!, rief sie und erhielt dafür Beifall, der sie aber plötzlich erschreckte, worauf ihre Pose in sich zusammenbrach und die Frau mit gesenktem Kopf vom Balkon abtrat. Als sie gleich darauf im Hof wieder auftauchte, der Balkon war längst von einer schaufensterpuppenhaften Japanerin besetzt worden, die sich jedoch nur schüchtern am Rande hielt, traten die Leute einen Schritt zurück, öffneten der falschen Julia eine schmale Gasse, als sei die Frau durch ihren Auftritt zu Ruhm gelangt. Erst dann nahm ich die betretenen Gesichter einiger Zuschauer wahr. Die Gasse war eine, wie man sie für verurteilte Delinquenten oder Hinterbliebene öffnet, und durch die die entthronte Komödiantin seltsam taumelnd, jeden Blickkontakt vermeidend und mit angehaltenem Atem, zumindest aber fest aufeinander gepressten Lippen, eilig schritt und gleich darauf im Durchgang verschwand. Shakespeare war übrigens niemals hier, wenn Shakespeare überhaupt Shakespeare war, sagte ich verbittert zu Sabine, obwohl der Abgang der Frau und die Reaktion des Publikums mich hätten versöhnen können. Sabine schaute der Frau noch immer nach und schien mich nicht zu hören. Vielleicht hatte sie Mitleid mit ihr. In diesem Moment hatte ich das Gefühl, beobachtet zu werden, wieder schien es der Widderwirt des abgelegenen Gasthofs zu sein, dessen diabolischer Blick mich aus der Menge ansah, doch auch diesmal gelang es mir nicht, ihn wirklich zu identifizieren, ja ich wagte nicht einmal länger in die Richtung zu schauen, in der ich ihn vermutete. Schon im nächsten Augenblick war er verschwunden, obwohl ich noch immer sicher war, dass er ganz in der Nähe sein musste. Ich dachte an die Fliesen im Bad des Gasthofs, die jetzt zu pulsieren schienen.

Natürlich schliefen wir am Abend miteinander, als gehöre das in einer Stadt wie Verona zum festen Besuchsprogramm und werde vom Baedecker ausdrücklich empfohlen. Wir hatten die Vorhänge nicht zugezogen, um der Stadt näher zu sein, so konnten wir die von Scheinwerfern angestrahlte Arena sehen, vielleicht ließ das unsere anfangs routinierten Berührungen und Bewegungen zu einer Art Kampf werden, der uns im Ringen miteinander gegen eine äußere Gefahr verband und dessen Sieg in der Vergewisserung unserer Zweisamkeit bestand.

Wir hatten uns vorgenommen, am nächsten Morgen etwas länger als üblich zu schlafen, doch in der Dämmerung erwachte ich vom Kreischen einer Katze, das wie ein Babyweinen klang. Ich trat ans Fenster und schaute hinaus, der Platz war jetzt fast menschenleer und schien umso größer. Ich dachte an den Wirt, dessen Gesicht mich verfolgte, stellte mir den Schnauzbart und das ungebändigte Haar vor, ich dachte an seine blutige Schürze und seinen mitleidigen Blick, der mich beim Abschied getroffen hatte und dessen Ursache Sabine gewesen war. Unten auf der Piazza Brà fegten Männer den Müll zusammen, dann sah ich die Frau, die einsam über die Weite des Platzes ging.

Einen Moment lang glaubte ich, in ihr die vergebliche Julia vom Nachmittag zu erkennen. Plötzlich blieb sie stehen und sah sich um. Suchte sie nach der Katze? Langsam hob sie ihre Arme, sodass sich ihr weiter Überwurf zu zwei Flügeln entfaltete, ließ sie aber gleich wieder schlaff zurückfallen, hob sie erneut und begann sich nun zu drehen. Die ersten Schritte wirkten unsicher, doch dann drehte sie sich, umweht von einem Schleier, immer schneller. Die Müllmänner standen auf ihre Besen gestützt verwundert am Rande des Platzes, sie schienen sogar gerührt, doch dann pfiff einer von ihnen laut durch die Finger, worauf die Frau ihre Arme erschrocken fallen ließ. Der Schwung ihrer eigenen Bewegung brachte sie kurz ins Taumeln, sie drohte zu stürzen, fing sich im letzten Moment mit einem Ausfallschritt ab, verwirrt suchte sie nach der Richtung, aus der der Pfiff gekommen war, dann verließ sie schnellen Schrittes den Platz. Als hätten mich die wilden Drehungen der Frau erschöpft, kroch ich zu Sabine ins Bett.

Sabine ist schon im Bett, als ich aus der Klosterstube komme. Sie hat die Vorhänge nicht zugezogen, sie weiß, dass ich das mag. Jetzt vor die Tür treten, denke ich, vor die Tür treten und tief durchatmen. Die Umgebung steht als Scherenschnitt vor dem Fenster, die Umrisse der Häuser und Bäume zeichnen sich schwarz und scharfkantig vor dem Himmel ab, der auch jetzt um Mitternacht nur ergraut ist und sich noch immer in einem diffusen Schimmer über die funkelnden Lichter spannt. In der Stadt wird es nie richtig dunkel, immer hängt eine Korona über den Häusern, als sei immerzu Dämmerung, immerzu Morgengrauen. Manchmal ist der Himmel wie Blei, es gibt aber auch milchige Nächte, die den Raum schrumpfen lassen und alles in Watte packen. Und es gibt den Geistermond, dessen Licht die zitternden Schatten der Äste auf die Dielen wirft. Bisweilen ist das Licht ein wässriges Blau und flutet das Zimmer, man liegt dann in einem Aquarium, hält den Atem an, bis plötzlich die Scheiben bersten, alles hinausschwappt und einen mitzieht in die Weite.

Ich krieche unter die Decke in die Wärme, die von Sabines Körper ausgeht, ich dränge mich gegen ihren Rücken, rieche an ihrem frisch gewaschenen Haar, am Hals ein letzter Anflug ihres Parfüms, mehr eine Erinnerung, ich streiche über die Rundungen ihres Beckens, taste mit den Zehen nach ihren Füßen, ich würde gern mit ihr schlafen und denke an Katharina. Ich weiß nicht, ob mich mein plötzliches Verlangen an Katharina denken lässt, oder mein Verlangen von meinen Gedanken an Katharina ausgelöst wird. Ich spüre Sabines Körper und denke an jene laue Nacht am Rande des Volksfestes, an die bunt glitzernden Lichter des Riesenrades, der Buden und Karussells, die die Nacht leuchten ließen, sodass die Scheune einen Schatten warf, in dessen Schutz wir im Gras lagen. Wir waren noch so jung und Katharinas Lippen schmeckten nach Zuckerwatte. Ich höre noch einmal die an- und abschwellenden Sirenentöne des Karussells, die lockenden Rufe der Losverkäufer, das Geplärr von einmaligen Chancen und letzten Gelegenheiten, das dumpfe Knallen der Luftgewehre und das laute Scheppern der Kugeln am Blech. Katharina seufzte leise, ihr Körper versteifte sich kurz, wurde dann weich und biegsam unter dem meinen. Es war ein leichtes Erdbeben, nur einmal, als ein ferner Fanfarenstoß aus dem Kahnschaukellautsprecher einen Überschlag ankündigte, hielt Katharina inne und lauschte in die Nacht, doch schien sie, was sie hörte, zu beruhigen, sodass das Beben um so wilder seinen Fortgang nahm, und nun war es Katharina selbst, die es mit kurzen, fanfarenstoßartigen Schreien begleitete. Es gab Brennnesseln, es duftete nach Flieder, und im Gras lag ein Lebkuchenherz, das mit rosa Zuckerguss von Liebe sprach. Das Herz war ein Geschenk von Katharinas Mann. Der arbeitete auf dem Bau und schaffte mit der Kahnschaukel drei Überschläge. Sie wusste nicht, wie sie ihm später die Quaddeln an den Schenkeln erklären sollte. Seine Fäuste seien gefürchtet, sagte sie, und ich wunderte mich über den Stolz in ihrer Stimme. Vom Rummelplatz hörte man Musik und übermütiges Lachen, dazwischen schrillte das hysterische Kreischen der Ängstlichen, als Katharina sagte: Ich liebe dich.

5

Am nächsten Morgen bin ich schon wach, bevor Sabines Wecker klingelt, doch ich bleibe liegen und warte, bis sie die Wohnung verlassen hat, springe dann aus dem Bett und eile zum Fenster. Ich will ihr nachsehen, doch die Zweige der Trauerweide versperren die Sicht. Noch vor ein paar Tagen war da nicht mehr als eine Ahnung von schütterem Grün, eine dünne Gardine, die der Wind sanft bewegte, jetzt ist der schwere Blättervorhang zugezogen und gibt nur einen schmalen Streifen über dem Fensterbrett frei. Ich stehe im Hochparterre, doch die Perspektive gleicht der aus einem Kellerloch. Diesmal ist die Mülltonne, die Wehovsky vors Haus gerollt hat, gelb, seine Hosenbeine sind frisch gestärkt, aber giftgrün wie immer. Der Hausmeister steht wie ein Posten vor dem Haus, die Hacken seiner Schuhe zusammengeschlagen. Er hat die Hände hinter dem Rücken ineinandergelegt, an einem Finger baumelt anstelle des Gummiknüppels ein braunes Herrenhandtäschchen, das Wehovsky immer bei sich hat, wenn er in die Zentrale des *Allround Hausmeisterservice* zum Rapport muss und dabei mit strenger Amtsmiene wichtig tut wie ein höherer Dienstgrad. Sind eigentlich die Russlanddeutschen schon überführt? Von Sabine sehe ich nur die scharfen Bügelfalten ihres grauen Hosenanzugs. Eine Weile steht sie neben Wehovsky, so nah, dass ihre Hosenbeine sich berühren. Ist das nur Zufall? Ich frage mich, was sie miteinander zu bereden haben. Sabine hat sich wieder in ihre Pumps gezwängt, die Absätze stöckeln über die Betonplatten, als sie endlich geht, ein bisschen kommt mir ihr Abgang lasterhaft vor.

Frau Hartmann steht vor der Ladentür und raucht. Sie stippt die Asche mit einer achtlosen Geste ins Nichts, ihre Augen sind, als sie den Qualm ausbläst, zusammengekniffen, und doch sehe ich jetzt, sie hat ein Kindergesicht. Mit ihrer neuen Perücke sieht sie aus wie ein Kind, das sich als ältere Frau verkleidet hat. Ist sie nicht über Nacht auch ein Stück kleiner geworden? Als sie mich sieht, erschrickt sie. Die Bewegungen, mit der sie nun hastig ihre Zigarette ausdrückt und vor mir im Laden verschwindet, sind fahrig, als sei sie bei etwas Verbotenem ertappt worden. Leicht verlegen muss sie deshalb gleich ausführlich über den gestrigen Tag und den morgigen Wetterbericht schwatzen und weiß als dienstbeflissene Geschäftsfrau natürlich auch, warum ich gekommen bin. Eine Zeitung, eine Packung Zigaretten. Sie schiebt die Sachen über die Glasplatte, als rücke sie etwas zurecht, als bringe sie mit diesem Ritual den Morgen in Ordnung. Auf der Glasplatte liegt ein halb ausgefülltes Kreuzworträtsel. Frau Hartmann hat eine Kinderhandschrift. Sie sieht mich erwartungsvoll an, dann lächelt sie verschmitzt, oder ist das ein Ausdruck von Schmerz? Sie nimmt ein Fläschchen Jägermeister aus dem Regal und hält es mir hin. Zur Feier des Tages?, fragt sie. Was es denn zu feiern gebe, will ich wissen. Das habe sie doch gesagt, den Tag. Den Tag, sonst nichts? Sonst nichts, sagt sie, das wäre doch wohl genug. Ihre Perücke schimmert matt, ein stumpfer Glanz, und plötzlich wird mir klar, dass ihre Tage gezählt sind. Warum nicht, sage ich und nehme einen Schluck. Frau Hartmann lächelt dankbar. Ein Vagabund, murmelt sie, in seiner Jugend war er ein Vagabund. Wie viele Buchstaben?, frage ich und starre auf das Kreuzworträtsel. Nein, mein Großvater, sagt sie, nur Vagabunden haben solche Augen. Nicht jeder werde in seiner Heimat geboren, doch wenn man das merke, sei es meist schon zu spät. Ihre Bemerkung ist wie ein Nadelstich. Ich schaue sie an. Frau Hartmann lächelt herausfordernd, ihre Bemerkung ist ein ausgeworfener Angelhaken, ich brauche nur anzubeißen. Und als wolle sie die potenzielle Beute nicht verscheuchen, sie noch eine Weile im Laden halten, verschwindet sie plötzlich in ihrem kleinen Kämmerchen, während ihr zu Füßen der Kater, als müsse er sie ablösen, in diesem Moment in den Laden schleicht. Allein im Geschäft, kann ich es nicht verlassen, denn auf keinen Fall will ich einfach grußlos verschwinden. Der Kater lässt mich nicht aus den Augen. Also zögere ich, höre, wie hinter dem Vorhang in der gefliesten Nische das Wasser ins Becken rauscht. Man könne immer noch einmal neu anfangen, sagt Frau Hartmann, als der Vorhang sich wieder teilt und im Zurückgleiten ihre Perücke streift, sodass sie erschrocken danach greift. Die Pause, die nun entsteht, ist viel zu lang, aber dann sage ich: Doch, ja, vielleicht haben Sie Recht.

Später am Schreibtisch, an den ich mich weniger setze, als dass ich dort mit einer mir selbst auferlegten

Disziplin Stellung beziehe – etwa so wie Wehovsky vor dem Haus –, trauere ich dem Auftrag der Tourismuszentrale nach. So ein Auftrag, denke ich, gibt wenigstens Halt, man hat ein paar Fakten, an denen man sich über den Abgrund hangeln kann. Ohne Auftrag ist der Tag ein schwarzes Loch. Ich muss an Frau Hartmanns Großvater denken, was für eine Geschichte, denke ich. Sabine würde das Gleiche sagen, was für eine Geschichte, du brauchst nur zuzugreifen. Ich zünde mir eine Zigarette an. Die wievielte schon? Zu viele für meine stechende Brust, zu wenige, um die Leere zu füllen. Was geht mich Frau Hartmanns Großvater an? Vielleicht sollte ich mir eine Katze anschaffen. Aber ich mag keine Katzen. Am Amselweg haben die Häuser Gärten, da hätte man keinen Hausmeister und immer etwas zu tun. Ich gehe ins Bad und hänge die Wäsche auf.

Die Zeitung berichtet von einem Mann, der wegen eines ihm zugestellten Ablehnungsbescheids mit einer Axt in einem Jobcenter erschienen ist, die Büroeinrichtung des zuständigen Sachbearbeiters demoliert und diesen bedroht hat. Die Zeitung spricht von einem unbescholtenen, vierzigjährigen Familienvater, der sich anschließend widerstandslos von der Polizei habe festnehmen lassen. Soll ich Sabine anrufen und sie warnen? Ich mache mir Sorgen und habe zugleich Lust mit einer Axt gegen meinen Schreibtisch vorzugehen. Ich würde damit meine liebe Mühe haben, der Schreibtisch ist ein riesiges graues Monstrum aus Stahl und Blech, er trägt noch die Inventarnummer aus dem ehemaligen Gewerkschaftsbüro von Sabines Mutter und galt wohl einmal als modern. Ich hatte mich vergebens gegen seine Übernahme gewehrt, doch die Frauen hatten seine Größe und Beschaffenheit als Vorzüge gepriesen und von einer einmaligen Gelegenheit gesprochen. Sabine hatte gesagt, so ein Schreibtisch sei wie ein Fels in der Brandung und eine Anschaffung fürs Leben. Obwohl wir dafür extra eine Tür verbreitern mussten, hatte ich klein beigegeben und das riesige Monstrum mit Wehovskys Hilfe in mein Zimmer gewuchtet. Bis dahin hatte ich mit einem Provisorium, einer Holztafel auf zwei dünnbeinigen Böcken, nicht schlecht gelebt. Schlimmer war, dass damals auch mein Sofa weichen musste, aber wie soll man einer Fallmanagerin die Notwendigkeit eines Sofas im Arbeitszimmer begreiflich machen. Auch Jean Paul hatte neben seinem Schreibtisch ein Sofa stehen, verteidigte ich mich, aber nicht einmal die ehemalige Gewerkschaftsfunktionärin hat das verstanden. Auf dem Sofa hätte ich jetzt davon träumen können, ein Vagabund zu sein, so wie sich ein Sofaträumer einen Vagabunden vorstellt, doch ich sitze an dem riesigen Schreibtisch wie mein eigener Chef.

Der provisorische Schreibtisch und das Sofa waren die letzten Relikte aus meiner kleinen Studentenwohnung in der Mansarde eines heruntergekommenen Hinterhauses. Die meisten Möbel des niedrigen Zimmers waren alt und abgestoßen, einige nur notdürftig zusammengezimmert, das Bett nicht mehr als eine Matratze auf dem nackten Fußboden, dafür konnte man von ihm aus durch eine Dachluke ein Stück Himmel sehen. Katharina fühlte sich in meinem Bett immerzu beobachtet und zog, wenn wir miteinander schliefen, die Decke über unsere Körper. Für sie war der frühere Schreibtisch und alles, was mit ihm zusammenhing, ein Rätsel gewesen. Seine fragile Gestalt hatte etwas Symbolisches, ich hatte damals mein Architekturstudium beendet, die Stelle in einem großen Baubetrieb aber schon nach wenigen Wochen wieder aufgegeben, lebte von Gelegenheitsarbeit. Es war dieses Stück Freiheit, das ich in der Bürozelle vermisst hatte. Sabines Mutter hat mir noch Jahre später wegen der verlorenen Rentenpunkte Vorwürfe gemacht, und wenn sie anruft und fragt, ob ich gerade arbeite, höre ich noch immer den Zweifel, ob meine Tätigkeit mit dem zu tun hat, was sie unter rechtschaffener Arbeit versteht. Immerhin war damals gerade mein erstes Buch erschienen, eine Sammlung von Kurzgeschichten, gedruckt auf grauem, grobfasrigem Papier, es war eher ein Büchlein, aber ich war mächtig stolz. Eine Erzählung sollte in eine wichtige Anthologie aufgenommen werden, zumindest hielt ich sie für wichtig und war sicher, kurz vor dem Durchbruch zu stehen. Ich hatte Katharina das Buch geschenkt, sie nahm es mit einer Mischung aus Scheu und Unverständnis entgegen, gelesen hat sie es wahrscheinlich nicht, jedenfalls sprachen wir nie darüber, und wenn, dann war ich es, der ihr Vorträge über meine Arbeit hielt. Damals war ich noch von mir überzeugt und redete gern und viel über meine Arbeit. Sie hörte geduldig zu, und ich glaubte, wir passen gut zusammen. Heute würde ich am liebsten schweigen, aber Sabine will immer wissen, woran ich gerade arbeite. Sie mischt sich nicht ein, und ihr Interesse ist ehrlich, trotzdem kommt es mir vor, als fordere sie Rechenschaft. Katharina sah mich aus ihren leuchtenden Augen an und nickte gelegentlich. Man müsse sich als Liebespaar nicht alles erklären, sagte sie, und Schreiben sei doch ein schönes Hobby. Oder sie nahm, wenn ich mir im Dozieren allzu sehr gefiel, ihre Tochter auf den Schoß, hob den Zeigefinger als Zeichen, dass das Kind meinen Ausführungen lauschen solle, aber das muss in ihrer Wohnung gewesen sein, denn in meine *Höhle*, wie sie es nannte, hatte sie das Kind nie mitgebracht, dabei war sie es doch, die sich die Bettdecke über den Kopf zog und meine Wohnung zu einer Höhle machte. Vor den Bücherregalen stand sie staunend und ratlos wie in einem Museum. Wenn sie las, war Katharina selbst wie ein Kind, sie bewegte die Lippen, als mache ihr das Lesen Mühe oder als sei sie gerade dabei, es zu erlernen. Trotzdem habe ich sie geliebt. Ich besitze von Katharina weder ein Foto noch einen Brief, mir ist nichts geblieben, und das Ende meiner Beziehung zu ihr liegt viel zu lange zurück, um noch Schmerz zu verursachen. Irgendwann war Katharina ohne Vorwarnung zu ihrem Bauarbeiter zurückgekehrt, ich blieb mit meiner verletzten Eitelkeit zurück, doch bald schon spürte ich auch Erleichterung. Lena, fällt mir ein, muss heute längst erwachsen sein, sie wird sich kaum noch an mich erinnern, und auch ich würde sie auf der Straße vermutlich nicht mehr erkennen. Wenn ich an die Zeit mit Katharina denke, befällt mich manchmal Ratlosigkeit oder sogar ein Gefühl von Peinlichkeit. Gerade das Gefühl der Peinlichkeit verhindert das Vergessen. Das Sonderbare ist, dass Frau Hartmann, ohne es zu ahnen, mit ihrer Bemerkung diese alte Wunde aufgerissen hat. Man müsste noch einmal neu anfangen können.

In der Enge meines Zimmers steht der Schreibtisch wie ein Hindernis. Ich muss mich an dem grauen Blechkasten vorbeizwängen, wenn ich aus dem Fenster sehen will. Draußen spielt der Wind mit dem Blättervorhang, ohne ihn zu heben oder auch nur einen Spaltbreit zu öffnen, die Bewegung lässt das Grün nur noch dichter werden. Ein paar Minuten finde ich Gefallen daran, von den Vorübergehenden nur die Beine zu sehen. Je länger ich aus dem Fenster schaue, desto mehr kommt mir meine Arbeitsverweigerung wie ein Lebensstreik vor. Den ganzen Tag aufs Meer blicken, denke ich, den ganzen Tag im Bett bleiben. Aber dann bleibt der Gehweg eine Weile leer, und ich werde unruhig. Ich versuche mich auf das langsame Schwingen der Zweige zu konzentrieren und muss plötzlich an den Perlenvorhang an der Tür der Vinothek am Hauptplatz von Neumarkt denken. Wir waren auf der Rückfahrt aus Italien und hatten schon mehrere der lustig-dicken, hochbemützten Köche rechts liegen gelassen, die den Vorbeifahrenden Speisekarten entgegenhielten und sich, obzwar immer von der gleichen Plumpheit, stets erst im letzten Moment als Attrappen erwiesen. Dann haben wir uns doch noch eine letzte Pause gegönnt. Der Dorfkern lag wie zusammengepresst in der Sohle des Etschtals zwischen den Bergen, die dicken Mauern und Säulen der weiß getünchten Arkaden ließen die Häuser noch flacher erscheinen. Die Saison hatte noch nicht begonnen, und die Straßen waren jetzt um die Mittagszeit menschenleer, nur die schnellen Schritte und aufgeweckten Rufe zweier Kinder, die, die allgemeine Siesta ignorierend, immer wieder unvermittelt aus den Schattenräumen auftauchten, hallten unter den Gewölben. Im kleinen dämmerigen Innenraum der Vinothek schien sich der halbe Ort versammelt zu haben, Gemurmel, Lachen und das Klirren von Gläsern und Geschirr drangen nach draußen. Die Geräusche spielten eine Behaglichkeit vor, von der wir durch den Perlenvorhang ausgeschlossen blieben. Wir hatten neben der Tür an einem winzigen, sich gegen die Mauer lehnenden Tisch aus blankem Holz im lichten Schatten einer großen Topfpalme Platz gefunden, einer Art Katzentisch, der noch mit schmutzigen Tellern, Gläsern und Karaffen bedeckt war. Sabine störte das nicht, auch dass die Bedienung sich nicht zeigte, war ihr recht, alles das verzögerte unsere Rückkehr. Ein paar Spatzen warteten zu unseren Füßen mit schräg gelegten Köpfen und zitterndem Gefieder auf Brotkrumen und schienen die Katze nicht zu fürchten, die auf den Terrakottafliesen einer niedrigen Mauer residierte und träge in der Sonne döste. Über uns, in den Nischen des Gewölbes, klebten leere, teilweise zerstörte Schwalbennester wie

Scherben am Putz. Wir saßen uns schweigend gegenüber, rauchten, bis ich mich dabei ertappte, länger als nötig den Kindern zuzusehen, die noch immer durch die Arkaden jagten und ein Kriegsgeschrei nachäfften. Ihre Unbekümmertheit faszinierte mich. Ich bemerkte nicht, wie Sabine, die Augen hinter dunklen Brillengläsern geschützt, mich dabei beobachtete, aber ich spürte das Lächeln in meinem Gesicht und hatte sofort das Gefühl, sie damit zu kränken. Mir schwante nichts Gutes, und ich versuchte ihre Aufmerksamkeit in möglichst unverfänglichem Plauderton auf die Dinge zu lenken, die sie selber sah, das blendende Weiß der gekalkten Gemäuer und die Schatten, die unter den Erkern und Simsen, den Dachschrägen und Bogengängen raffinierte grafische Gebilde schufen, eine Schwarz-Weiß-Landschaft, in der die Kinder die einzigen Farbtupfer waren, die einzige Bewegung in einem Raum steinerner Erstarrung. Auch Sabine rührte sich nicht, ich sah mich in den Gläsern ihrer Sonnebrille auf sie einreden und gegen die Sonne blinzeln. Ich müsse mich nicht rechtfertigen, sagte Sabine endlich, gleichfalls bemüht ihrer Stimme Beiläufigkeit zu geben, doch gerade da war aus dem Inneren der Vinothek ein Klirren zu hören, vielleicht das Zerbrechen eines Tellers, Sabine erschrak, und erst in diesem Moment der Auflösung bemerkte ich ihre vorangegangene Anspannung. Wir müssen noch an meine Mutter schreiben, sagte sie plötzlich und schob mir eine Ansichtskarte, die sie seit Verona in der Tasche hatte, über den Tisch: Du bist der Schriftsteller. Die Karte zeigte Julias Balkon. Ich hasse es, Ansichtskarten zu schreiben. Schriftsteller sind Menschen, denen das Schreiben schwerfällt, wollte ich sagen, doch Sabine hätte das für Koketterie gehalten, und so schrieb ich dann hinter vorgehaltener Hand einige belanglose Sätze und steckte die Karte, als der Wirt endlich an unseren Tisch trat, in meine Jackentasche. Während der Mann unsere Bestellung aufnahm, trocknete er sich seine Hände an einem schmutzigen Tuch, wischte sich damit über die Stirn und setzte währenddessen ein Gespräch fort, immer wieder rief er ein paar Worte in Richtung des Vorhangs, lachte einmal unvermittelt auf, stieß dann, zwei Finger zwischen den Zähnen, einen gellenden Pfiff aus, worauf die Kinder aus einem der Schattenräume gestürzt kamen und begannen, unseren Tisch abzuräumen. Der Wirt schien für diesen Auftritt Beifall zu erwarten, doch Sabine kramte nur verlegen in ihrer Handtasche. Wir besprachen danach die vor uns liegende Fahrt, aber das Unausgesprochene blieb zwischen uns wie eine unsichtbare Mauer.

6

Sabine weiß fast alles von Katharina. Die Geschichte hat sie amüsiert. Sie ist selbstbewusst genug und außerdem davon überzeugt, dass sie einen Aufstieg für mich bedeutet, und genoss es in den ersten Monaten unserer Beziehung, abfällige Bemerkungen über Katharina zu machen, die sie spöttisch *deine Kleine von damals* nannte. Mich hat das nie gestört, aber Lena, *meine Kleine von damals*, habe ich ihr verschwiegen. Am Anfang gab es keinen Grund, ihr von dem Kind zu erzählen, dann aber gab es zunehmend Gründe, Lena zu verschweigen. Kinder sind Sabines wunder Punkt.

Draußen auf dem Gehweg fährt ein Junge mit einem Dreirad vorüber. Er hat den Kopf weit nach vorn über den Lenker gebeugt, als müsse er sich wegen der herabhängenden Zweige ducken, die Beine wirbeln in großer Geschwindigkeit, trotzdem dauert es quälend lange, bis er aus dem Bild verschwindet. Ich warte, gleich, denke ich, müssen sich auch die Beine der Mutter zeigen, doch nichts geschieht, der Gehweg bleibt leer. Man kann so ein Kind doch nicht allein über den Gehweg rasen lassen, denke ich, so nah an der Hauptstraße, erst dann fällt mir ein, dass ich den kleinen Rennfahrer schon einmal gesehen habe. Die Russlanddeutschen, es muss das Kind der Russlanddeutschen sein. Sofort habe ich das Gefühl, sie gegen Wehovsky verteidigen zu müssen. Besonders die Großeltern, die noch nicht wirklich alt sind, aber mit ihren Bauerngesichtern und der altmodischen, erdfarbenen

Kleidung wirken wie aus einer anderen Zeit. Auch ihr Deutsch ist altmodisch und klingt auf seltsame Weise erdig. Wenn sie miteinander reden, sprechen sie Russisch und müssen sich danach jedes Mal der anderen Sprache erinnern, sie gleichsam aus der Erde herausklauben. Man sieht sie immer nur als Paar, sie halten sich an den Händen, eine Geste, die nichts von Verliebtheit, aber doch etwas Anrührendes hat, sie halten sich auf merkwürdig verkrampfte Weise aneinander fest, gehen unsicher, wie über schwankenden Boden durch eine ihnen fremde Welt, und nur wenn ihre Kinder und der Enkel in der Nähe sind, blitzt manchmal in ihren Gesichtern und ihrem Gang eine Entschlossenheit und Härte auf, die den Eindruck vermitteln, sie stünden ihrer Sippe noch immer als Oberhäupter vor. Die Tochter, ein im Gegensatz zu ihren Eltern auffallend graziles Wesen von fast krankhaft wirkender Blässe, reagiert dann meist gereizt, verfällt zuweilen in devote Gesten, um im nächsten Moment mit umso größerer, ihrer zerbrechlichen Erscheinung widersprechenden Heftigkeit aufzubegehren, sodass sich in ihrem Gesicht rote Flecken zeigen, denke ich, und selbst der Schwiegersohn bekommt einen Ausdruck leichter Verlegenheit, wenn er ... Plötzlich kracht etwas gegen die Scheibe. Es ist ein dumpfer Schlag, der mich mehr verwirrt als erschreckt. Erst durch den Schlag wird mir bewusst, dass ich noch immer am Fenster stehe, ich weiß nicht, wie lange schon. Dann sehe ich den Jungen wieder, der jetzt wirklich unter den Zweigen hindurchgetaucht ist und auf der Wiese steht, der die leeren

Hände hilflos in die Luft streckt, als erwarte er etwas, nach dem er greifen kann, bis plötzlich ein roter Ball neben ihm aufschlägt und sofort wieder davonspringt, während der Junge ihn mit zugekniffenen Augen und das Gesicht leicht abwendend weiter erwartet wie ein ersehntes Wunder. Einen Augenblick sehe ich ihn noch so stehen, bis seine Mutter ihn beiseite zerrt.

Der rote Ball liegt noch immer auf dem Gehweg, er liegt wie auf einer leeren Bühne, über der sich der Vorhang nicht gänzlich gesenkt hat. Das runde, zurückgelassene Ding wirkt trostlos, und mich überkommt bei seinem Anblick eine gewisse Müdigkeit. Das Spiel ist aus, das Wunder ausgeblieben. Ich sehe den roten Ball und denke an Flucht. Oder liegt das an diesem grauen, leeren Schreibtisch?

Flucht, denke ich und sehe mich, als ich aus dem Haus trete, neben Sabine im Auto sitzen. Wir hatten während der Fahrt über den Brenner geschwiegen, doch in diesem Fall war es keine stille Übereinkunft gewesen, wie so oft, wenn wir im Auto stumm nebeneinandersaßen, nichts schien uns in diesem Moment zu verbinden, das Schweigen war total. Sabine hatte die Augen geschlossen, und einmal berührte ich beim Schalten ihr Knie, das sie absichtsvoll, wie ich mir einbildete, und wie ein Friedensangebot in meine Richtung gedrückt hatte, nun aber energisch zurückzog. Die Berge lagen im dichten Nebel. Es hatte in den letzten Tagen getaut, die rostigen Leitplanken lagen frei, und nur einige schmutzige Flecken körnigen

Schnees säumten noch den Straßenrand wie Haufen von Granulat. Als wir eine lange Stützwand aus Beton passierten, war das wie ein Sinnbild für die Mauer des Schweigens. Ich überlegte, ob sich dahinter vielleicht eine Leere befände oder etwas anwuchs, das die Mauer irgendwann zum Bersten brächte, und ob darin ein Unterschied läge. Ich war sicher, Sabine täuschte den Schlaf nur vor, sie schien auf der Lauer zu liegen, ich würde sie, dachte ich, jederzeit ansprechen können. Vielleicht sollte ich mich entschuldigen, aber ich wusste nicht, wofür, ich hatte ja nur ein paar Kindern beim Spielen zugesehen, gedankenlos, ohne Sabine daraus einen Vorwurf machen zu wollen. Es war doch eine schöne Reise, und wir sind doch glücklich, auch ohne Kinder, hätte ich sagen können, aber kaum hatte ein Schild die letzte Tankstelle auf österreichischem Gebiet angekündigt, schlug Sabine tatsächlich die Augen auf und machte mich darauf aufmerksam, dass wir tanken sollten. Ich sagte nichts, doch Sabine musste meinen fragenden Blick bemerkt haben, der Tank war noch halb voll. Es ist billiger hier, sagte sie. Vielleicht bildete ich mir den vorwurfsvollen Ton in ihrer Stimme nur ein, aber der Gedanke, Sabine müsse nicht nur bezahlen, sondern ihr Geld auch noch vor meiner Gedankenlosigkeit schützen, beschämte mich.

Sabine war im Auto sitzen geblieben, während ich tankte und danach zur Kasse ging. Im Tankstellengebäude suchte ich nach einer Toilette, bemerkte aber nur eine Hintertür, offenbar der Notausgang, über dem das grüne Piktogramm eines Fliehenden wie eine stumme Aufforderung hing. Ich blieb mitten im Raum stehen und überlegte, ob ich das Gebäude nicht einfach durch diesen Notausgang verlassen sollte. Die Scheibe war mit silberner Folie beklebt, doch ich war sicher, dass die Tür nicht abgeschlossen war und dahinter ein Weg beginnen musste, ein Weg in die Berge. In diesem Moment schien alles ganz leicht, ich würde durch diese Tür gehen, ich würde einfach nur gehen, allein und ohne Ziel. Nach einer Weile würde mich der Nebel schlucken, ich würde die feuchte Kühle genießen, und irgendwo würde ein Adler schreien. Einfach nur gehen, dachte ich. Hatte ich mich wirklich schon einige Schritte auf die Tür zubewegt? Plötzlich jedenfalls stürzte der Tankwart, der meinen Blick zur Tür und mein Zögern bemerkt haben musste, hinter dem Tresen vor und schnitt mir, den Mützenschirm seitlich überm Ohr, den Weg ab. Er sagte nichts, stellte nur seinen Körper in den Weg und behielt dabei den Kontrollmonitor im Blick, auf dem ich Sabine reglos im Auto sitzen sah. Ich spürte seine Erleichterung, als ich endlich das Portemonnaie aus der Hosentasche zog und auf die Kasse zutrat. Schneller als nötig und begleitet von einem abfälligen Murmeln, dessen Wortlaut ich nicht verstand, griff er nach den Scheinen. Er ließ mich nicht aus den Augen und zuckte noch einmal zusammen, als ich am Ausgang kehrt machte, um, einer plötzlichen Eingebung folgend, für Sabine eine Tafel Schokolade zu kaufen.

Als ich zum Auto zurückkam, saß Sabine noch so, wie ich sie verlassen hatte. Nichts deutete darauf hin, dass sich meine Abwesenheit länger als zur Bezahlung nötig hingezogen hätte. Erst jetzt fiel mir ein, dass Sabine Schokolade nicht mochte. Ich stieg ein, sie wandte den Kopf kurz in meine Richtung, als wolle sie etwas sagen, aber sie schwieg, und dennoch entstand in diesem Augenblick eine Nähe, die selbstverständlich und unangestrengt war, und ich wusste plötzlich, dass ich genau das vermissen würde.

Im Lindenweg, einer kleinen, kopfsteingepflasterten Seitenstraße, die im spitzen Winkel von der Goetheallee abzweigt, sodass das zwischen die Straßen eingekeilte Eckhaus wie der Bug eines riesigen Schiffs wirkt, gibt es einen Laden, der exquisite Küchenutensilien anbietet. Es ist ein winziger, viel zu hell ausgeleuchteter Raum, das Licht ist seltsam bläulich, in den Abendstunden sieht der Laden wie ein Aquarium aus. Auf den spartanisch bestückten Stahlregalen stehen die diversen Gerätschaften wie Siegerpokale oder Kunstobjekte. Ich habe in dem Laden noch nie einen Kunden gesehen, obwohl man hier an einer kleinen Bar auch Espresso trinken kann, sogar den besten Espresso der Stadt, wie ein Aufsteller auf dem Gehweg behauptet, und es den Laden schon gibt, seit wir in diese Gegend gezogen sind. Der Inhaber, ein junger, auffällig lässig gekleideter Mann mit Dreitagebart, sitzt meist hinter dem Tresen vor einem Laptop, auf dessen Bildschirm er unentwegt starrt. Vielleicht ist es das Gefühl, ihn nicht stören zu dürfen, vielleicht das gleißende Licht oder einfach nur mein mangelndes

Interesse an gehobener Küchenausstattung, jedenfalls habe auch ich den Laden noch nie betreten, obwohl ich es kaum einmal versäume, einen Blick auf den jungen Mann zu werfen, und auch er sieht gelegentlich von seinem Laptop auf, wenn ich das Schaufenster passiere, und hat vor einiger Zeit sogar begonnen, mich durch die Schaufensterscheibe wie einen Stammkunden zu grüßen. Auch heute sehe ich ihn sitzen, es ist nur einer dieser gewohnheitsmäßigen Blicke, die das Erwartete zu bestätigen suchen, ohne die Realitäten sogleich wahrzunehmen, sodass ich erst als ich schon einige Meter gegangen bin, meinen Augen traue. Ein Stutzen, das mich aus dem Tritt bringt. War das nicht Sabine, die da auf einem der Barhocker saß? Und war sie nicht in Begleitung? Dem Reflex, sogleich umzukehren und ihr zuzuwinken, vielleicht sogar in den Laden zu gehen, kann ich im letzten Augenblick widerstehen, es wäre peinlich, wenn ich mich dem Verdacht aussetzte, ich spionierte ihr nach. Doch einfach weitergehen, als sei nichts gewesen, kann ich auch nicht, also bleibe ich zunächst stehen und versuche meiner Verwirrung Herr zu werden. Soll ich jetzt unauffällig vor dem Schaufenster auf und ab patrouillieren? Ich krame in meiner Umhängetasche, putze mir die Nase, gehe dann vorsichtig zwei, drei Schritte zurück, nur so weit, dass ich für Sabine oder wer immer da sitzen mag, hinter einem Mauervorsprung verborgen bleibe. Freilich kann ich auch sie dadurch nicht sehen, und tatsächlich sitzt noch jemand an der Bar. Obwohl dieser Jemand mir den Rücken zugewandt hat, besteht kein Zweifel, es ist ein Mann. Er ist selbst im Sitzen ungewöhnlich groß, ein Sitzriese, denke ich. Sein linkes Bein, leicht angewinkelt und auf einer Fußstange abgestützt, wippt unaufhörlich. Er trägt ein graublaues, modisch geschnittenes Jackett, das ihm etwas zu weit scheint, jedenfalls zwischen den Schultern knittert, was aber vielleicht nur daran liegt, dass er gerade jetzt seinen rechten Arm leicht anhebt und zur Seite schiebt, als greife er nach etwas, das meinen Blicken verborgen bleibt. Oder legt er seiner Nachbarin den Arm auf die Schulter, womöglich also Sabine? Ich kann Sabine nicht sehen, bin mir aber sicher, dass sie es ist. Das Haar des Mannes hat einen seltsam fettigen Glanz, was an dem grellen Licht liegen mag, oder es ist gegelt, aber immerhin so lang, dass ihm nun, da er zu lachen beginnt, in die sonnenstudiogebräunte Stirn eine Strähne fällt, die er sofort zurückstreicht. So ein eitler Affe, denke ich. Neben ihm auf dem Tresen liegt etwas, das man für ein Herrenhandtäschchen halten könnte. Sieh an, ein Herrenhandtäschchen, denke ich, vielleicht ist es Wehovsky. Aber ein graublaues, modisch geschnittenes Jackett und gegeltes Haar, dann kann es doch eigentlich nicht Wehovsky sein, rede ich mir ein und bin ein bisschen erleichtert, als sei damit zugleich der Beweis erbracht, bei der unsichtbaren Nachbarin könne es sich dann auch nicht um Sabine handeln, außerdem ist Sabine jetzt in der Dienststelle. Also gehe ich weiter, nehme mir aber vor, nun einige Male die Goetheallee auf und ab zu spazieren, obwohl ich die Goetheallee um diese Zeit ja gewöhnlich meide. Sabine, denke ich, müsste mich dann von ihrem Büro aus sehen und würde mich am Abend vielleicht darauf ansprechen, was mir eigentlich unangenehm ist, diesmal aber zu einer beruhigenden Gewissheit führen würde. An eine andere Möglichkeit will ich gar nicht denken und denke unentwegt daran. Was macht Sabine um diese Zeit in einem Café und ausgerechnet mit Wehovsky?

Auf der Goetheallee gehe ich zunächst zu den Bänken, die direkt vor dem Bürohaus stehen, in dem Sabine arbeitet. Es ist ein hübscher kleiner Platz unter einem Magnolienbaum, der gerade zu blühen beginnt, dahinter versperrt ein provisorischer Bretterzaun die Sicht auf eine Baugrube. Doch die Bänke sind belegt, auf einer sitzt eine alte Frau mit einem kleinen Hund, auf der anderen zwei junge Männer, einer hat sich trotz des milden Wetters eine dicke Pudelmütze tief über die Stirn gezogen und trinkt kalten Glühwein aus einem Tetrapack, der andere hat sein Resthaar über den rasierten Schädelflanken zu einem wirren Gestoppel aufgegelt. Vielleicht sollte ich mich zur alten Frau setzen, denke ich, bleibe aber unschlüssig stehen. Sabine könnte, falls sie jetzt aus dem Fenster sieht, glauben, ich wolle sie besuchen. Und tatsächlich überlege ich, ob ich nicht einfach zum Pförtner gehen und nach ihr fragen sollte. Nein, würde ich sagen, in meiner Tasche ist keine Axt, ich besuche nur meine Frau. Ich war noch nie in Sabines Büro, habe sogar mehrfach meine Abneigung gegenüber solchen Bürohäusern betont und wüsste auch nicht, wie ich ihr meinen Besuch jetzt erklären sollte. Oder wäre gerade das ein Grund? Ich könnte ihr endlich mein Interesse an ihrer Arbeit, die schließlich auch mich ernährt, beweisen. Der Gedanke, eine Nummer zu ziehen und nach einer Wartezeit zu Sabine vorgelassen zu werden, amüsiert mich. Ich stelle mir vor, wie Sabine an ihrem Schreibtisch sitzt und ihren Kopf nicht hebt, wie sie stattdessen mit einer unscheinbaren Bewegung die Innenseite ihres Handgelenks kurz zur Nase führt, um ihr Parfüm zu riechen. Genau in diesem Moment würde ich sie ansprechen: Ich will mich beruflich verändern, ich bin Ihr neuer Fall, managen Sie mich!

Die jungen Männer sind inzwischen auf den Zauderer aufmerksam geworden, feixend heben sie den Tetrapack in meine Richtung. Als ich nicht reagiere, schlägt ihre Stimmung augenblicklich in Aggressivität um. Wir sind ostdeutsch, brutal und gut aussehend, ruft einer, er freut sich über diesen Spruch und wiederholt ihn mehrere Male, der andere tritt gegen eine leere Blechbüchse, die scheppernd über den Beton schlittert. Der Zwergschnauzer hat sich breitbeinig aufgebaut wie eine Kampfmaschine, sein imposanter Nietzsche-Bart zittert, ungläubig starrt er den Pudelmützenträger an, endlich scheint es dem Hundehirn zu dämmern: *Ecce homo*. Tänzelnd tritt er auf der Stelle, dann kläfft er und zerrt plötzlich an der Leine, als wolle er mich verteidigen, was nun allerdings auch die alte Frau gegen mich aufzubringen scheint. Beruhigend redet sie auf das Tier ein und bedeutet mir mit fahrigen Bewegungen zu verschwinden. Doch als ich endlich weitergehen will – wohin eigentlich? –, ist plötzlich ein Martinshorn zu hören, und kurz darauf fährt ein Krankenwagen in die Fußgängerzone, der sofort alle Blicke auf sich zieht. Bremsen quietschen, dann hält er vor dem benachbarten Fitnessstudio, für das Sabine eine Jahreskarte hat. Die Sanitäter springen aus dem Fahrerhaus und laufen zum Eingang, wo sie vor den sich nur träge öffnenden Glastüren zögern müssen und dann von den verspiegelten Scheiben verschluckt werden. Im Bürohaus sind inzwischen einige Angestellte an die Fenster getreten und starren nach unten. Jetzt, denke ich, ist mein Herumstehen legitimiert, ich kann warten, bis die Sanitäter zurückkehren. Lange muss ich nicht warten, erst kommt nur einer, er zerrt eine Bahre aus dem Wagen und verschwindet wieder. Dann vergehen einige Minuten, in denen keiner von seiner Position weicht, die gut aussehenden Jungmänner haben ihre Brutalität vergessen und sind lammfromm, sogar der Zwergschnauzer schweigt jetzt und hat seinen Kopf zur Seite geneigt, als überlege er. Endlich schieben die Sanitäter einen Verletzten auf die Straße. Alle rücken ein Stück näher, und die Angestellten pressen ihre Stirnen an die Scheibe. Was sie sehen, ist ein Mann in meinem Alter, er liegt in Sportzeug auf der Bahre und hat eine dicke Manschette um den Hals, die seinen Kopf nach hinten zwingt. Vielleicht ist ihm eine Hantel ins Genick gefallen. Ich gehe auf den Krankenwagen zu, wie um mich nützlich zu machen. Ein Sanitäter hüllt den reglosen Körper in Goldfolie, ich sehe das verschwitzte Gesicht der vergoldeten Mumie, deren fragender Blick mich wie ein Vorwurf trifft, und bin sicher, von den Bürofenstern aus nicht übersehen werden zu können, auch von Sabine nicht. Soll ich noch winken? Sicherheitshalber gehe ich zu der alten Frau und erkläre, wie leicht einem eine Hantel ins Genick fallen kann. Sie schaut mich entsetzt an, nickt heftig mit dem Kopf, hebt ihren Hund hoch und drückt ihn schützend gegen ihre Brust.

Die Stunden bis zu Sabines Dienstschluss ziehen sich qualvoll in die Länge. An Arbeiten ist nicht mehr zu denken, manchmal gehe ich zum Fenster, doch Wehovskys grüne Hosenbeine lassen sich nicht blicken. Lustlos blättere ich in den spärlichen Aufzeichnungen, die ich über Frau Hartmanns Großvater inzwischen angelegt habe. Ich kann mich nicht konzentrieren, selbst die Fragen, wie und warum der überzeugte Nudist und Freidenker zu Hakenkreuze kroch, sich in eine Uniform hatte pressen lassen und einer so perfiden Ideologie verfallen konnte, vermögen mich nicht zu fesseln, irgendwann beginne ich staubzusaugen. Eine Weile halte ich Sabines Hausschuhe in der Hand und weiß nicht wohin damit, dann bringe ich den Müll vor die Tür. Alkohol?, denke ich und verwerfe den Gedanken. Vielleicht sind doch noch einige Briefe Katharinas erhalten geblieben! Ich suche in den alten Kartons, die ich vor der mit dem Einzug des neuen Schreibtischs verbundenen Makulierung alter Papiere – Sabine hatte darauf gedrängt – gerettet habe. Die Ungewissheit mit Schmerz betäuben! Vergebens, es gibt keinen schriftlichen Nachlass dieser Beziehung. Alkohol!, denke ich wieder und belasse es diesmal nicht beim Denken.

Dann endlich das vertraute Rasseln des Schlüsselbundes im Treppenhaus, das resolute Öffnen der Tür. Als Sabine die Wohnung betritt, bemühe ich mich, meine Aufregung zu verbergen. Nur nicht mit der Tür ins Haus fallen! Sie lässt ihre Aktentasche mit einem Seufzer fallen, was bedeuten soll, sie hat einen anstrengenden Tag gehabt und will über ihn befragt werden. Wie war dein Tag?, frage ich möglichst beiläufig. Wie man's nimmt, sagt Sabine und scheint nicht gewillt, das Vage dieser drei Wörter näher zu erklären. Sie streift sich ihre Pumps von den Füßen, bewegt wie prüfend ihre Zehen, zumindest das ist wie immer. Und wie immer sehe ich dem mit einer gewissen Erleichterung zu, ist Sabine doch in diesen Stöckelschuhen eine Spur größer als ich. Aber ist da nicht eine Spur zu viel Röte in ihrem Gesicht oder zumindest der schwache Glanz einer Erregung, der ihren schlaffen Seufzer Lügen straft? Ich biete an, uns Espresso zu kochen. Meinetwegen, sagt Sabine und schält sich aus ihrer Jacke. Die weißen Kalkspuren auf dem Boden der Maschine bringen mich auf eine Idee. Wir sollten uns eine neue Espressomaschine kaufen, rufe ich aus der Küche. Ich wüsste auch schon wo, denn wenn schon neu, dann sollte es auch gleich die Beste sein. Sabine geht nicht darauf ein. Stattdessen höre ich, wie sie ihrer Aktentasche etwas entnimmt und in ihrem Schreibtisch verstaut. Ich kenne die erst knarrenden, dann dumpf schleifenden Geräusche genau, die die hölzerne Schublade beim Öffnen erzeugt, Sabine hat einen winzigen Schreibtisch, ein antikes Stück, das ihre Mutter, ja, ausgerechnet ihre Mutter, Damenschreibtisch nennt. Sabine bewahrt darin unter anderem ein kleines, in Florentiner Papier eingeschlagenes Heft auf, in das sie gelegentlich Lebensweisheiten aus Büchern notiert. Als ich die Espressotassen ins Wohnzimmer trage, kauert Sabine schon auf der Couch und massiert sich die nackten Füße. Nun bin ich es, der einen merkwürdigen Beigeschmack des Kaffees moniert. Ich schiebe ihn auf die Kalkablagerungen in der alten Maschine. Sabine aber rührt ihre Tasse nicht an, sie lässt den Espresso kalt werden, schiebt ihn dann von sich weg, sie trinke in letzter Zeit viel zu viel Kaffee. Ich nicht, sage ich und stürze später auch ihren kalten Espresso hinunter.

Am Nachmittag, sage ich nach einer Weile, sei ein Krankenwagen mit eingeschaltetem Martinshorn hier vorbeigefahren, vorbeigerast, sage ich, und dass es den Anschein gehabt habe, er sei aus Richtung der Goetheallee gekommen, vielleicht vom Fitnessstudio oder von ihrem Büro. Ich habe mir Sorgen gemacht, man liest ja in letzter Zeit so merkwürdige Dinge in der Zeitung, erst kürzlich sei ein Mann mit einer Axt… Sabine betritt die goldene Brücke zu ihrem Alibi nicht. Es sei ja nett, dass ich mir ihretwegen Sorgen machte, sagt sie, aber die Goetheallee sei lang. Dann steht sie auf und geht zum Fenster, wo sie ihre flache Hand prüfend vor die untere Fuge hält. Das Fenster ist seit Wochen undicht, Sabine kann Zugluft nicht ertragen. Sind die

Monteure immer noch nicht da gewesen?, murrt sie. Nein, jedenfalls nicht, solange ich … Ob ich etwa die Wohnung verlassen habe, will Sabine wissen, Klaus habe doch gesagt, dass heute endlich der Monteur komme. Ihre Entrüstung ist nicht zu überhören, und ob der überraschenden Frage, in der ich nichts anderes als einen Gegenangriff sehen kann, bringe ich nur ein gereiztes *So, hat er das!* hervor. So einen perfiden Plan hätte ich den beiden nicht zugetraut und beschließe sofort, auf unabsehbare Zeit zu schweigen. Eine untaugliche Taktik, ich ahne es sofort, denn in dieser Disziplin ist Sabine unschlagbar. Ich weiß, irgendwann werde ich klein beigeben und die weiße Flagge hissen, doch bis dahin ziehe ich mich in mein Zimmer zurück und versuche zu arbeiten, kann mich aber nicht konzentrieren, wie immer, wenn Sabine in der Wohnung ist. Sie ist zwar bemüht mich nicht zu stören, aber ich kann ihre Anwesenheit spüren, lausche auf ihre Schritte und jedes Geräusch. An meinem Schreibtisch sitzend, warte ich auf das dumpfe Schleifen der Schublade. Die Zimmertüren stehen offen, und obwohl alles still bleibt, fällt mir ein, dass das Schloss von Sabines Schreibtisch klemmt, schon vor Wochen hat sie mich gebeten, es zu ölen. Wenn man den Widerstand überwunden hat und es zuschnappt, entsteht in der Schublade ein klagender Ton, als habe man den Resonanzkörper eines Kontrabasses berührt. Da, jetzt hat sie die Schublade abgeschlossen! Ich gehe dann, ruft Sabine plötzlich aus dem Flur, und schon fällt die Wohnungstür ins Schloss. Sie hat heute ihren

Sportabend, ich habe es vergessen, und es scheint, dass nun auch in unserer Wohnung ein dumpfes Hallen der Leere zu hören ist. Das Geräusch ist nicht zu ertragen. Kurz darauf schalte ich deswegen den Fernseher an und stelle den Ton etwas lauter als nötig. Gerade läuft eine Reportage über die Proteste gegen irgendein Großbauprojekt. Die Kamera zeigt eine aufgebrachte Menge, die wild gestikulierend vor einem Bauzaun steht und irgendwelche Sprüche skandiert. Die ganze Bretterwand ist mit bunten Plakaten und Spruchbändern behangen. *Wir lassen uns nicht verarschen*, lese ich auf einem und muss plötzlich an den provisorischen Bretterzaun in der Nähe von Sabines Büro denken. Nein, ich lasse mich nicht verarschen! Von Sabine nicht und von Wehovsky schon gar nicht. Wenn es mir gelänge, hinter diesen Zaun zu kommen, denke ich, hätte ich durch die Ritzen sowohl das Bürohaus als auch das Fitnessstudio im Blick.

7

Ein paar Tage später ist das Fenster dicht, doch ich habe Sabine noch immer nicht zur Rede gestellt. Wehovsky hat es sich nicht nehmen lassen den Monteur in unsere Wohnung zu begleiten. Triumphierend zeigte er mir unseren Wohnungsschlüssel, den ihm der Hausbesitzer für den Fall meiner erneuten Abwesenheit ausgehändigt habe, dann stand er gelangweilt herum. Der Handwerker erledigte mit einigen versierten Handgriffen an den Scharnieren seine Aufgabe, nicht ohne zu bemerken, ein einigermaßen handwerklich geschickter Mann hätte das auch selbst erledigen können. Zweifellos meinte er mich, nicht etwa den Hausmeister, der sich inzwischen, die Hände unter den Hosenlatz geschoben, ungeniert im Zimmer umsah. Obwohl ein gewisses ungläubiges Staunen unverkennbar war, wurde ich den Verdacht nicht los, er kenne sich in unserer Wohnung bereits bestens aus. Vor einem der Bücherregale blieb er stehen, legte den Kopf schräg, und während er die Titel der Bücher las, bewegten sich seine Lippen, genau so, wie ich es von Katharina kenne. Irgendwann zuckte er mit den Schultern und inspizierte mit unverhohlener Neugier meinen Schreibtisch. Ach Gottchen nee, ist das süß, säuselte er, als er die Zeitschrift mit den Aktfotos aus den 20er Jahren sah. Das ist…, begann ich zu stammeln, doch Wehovsky grinste nur höhnisch. Ja, ja, die Kunst, er wisse schon, sagte er und sah mich dabei etwas mitleidig an. Der Monteur war inzwischen fertig, und als er mir ein Formular zur Unterschrift vorlegte, sah ich, wie Wehovsky den Gedichtband von Wilhelm Hildebrandt in der Hand hielt, den ich mir von einem Antiquariat hatte schicken lassen. Er fühlte sich offenbar unbeobachtet, setzte sich seitlich auf den Schreibtisch, was ich einigermaßen frech fand, stellte plötzlich seine linke Fußspitze auf den Steg zwischen den Stuhlbeinen und begann mit dem Knie zu wippen, wie der Mann in der Espressobar, was mir vorher bei ihm noch nie aufgefallen war. Er schlug das Buch auf, ohne darin zu lesen, er blätterte durch die Seiten wie bei einem Daumenkino und schien dabei über etwas nachzudenken. Hildebrandt, murmelte er noch beim Hinausgehen, Hildebrandt, der Name komme ihm bekannt vor. Auf dem Treppenabsatz wandte er sich noch einmal um: Grüßen Sie Ihre Frau von mir!

Frau Hartmann hat meine Zeitung und eine Packung Zigaretten schon bereitgelegt, sie muss mich bereits erwartet haben. Ich habe es ja gewusst!, frohlockt sie, kaum dass ich den Laden betreten habe, doch in ihrer Stimme ist kein Triumph, nur Erleichterung. Der Bluterguss auf ihrem im Gegensatz zur restlichen Haut glatten, weil noch immer leicht geschwollenen Handrücken hat sich in ein schmutziges Gelb verfärbt, aber die Perücke sitzt tadellos, und Frau Hartmanns Lächeln kommt mir heute noch verschmitzter vor als gewöhnlich. Wie kann eine Todkranke so spitzbübisch sein?, denke ich. Oder sollte ihr Lächeln nur das Produkt eines merkwürdigen Faltenspiels sein? Soll ich ihr sagen, dass es die falsche Zigarettenmarke ist? Ich schweige lieber, doch gerade, als ich nach der Zeitung greife, fragt sie, ob ich schon darin gelesen habe. Wie sollte ich?, frage ich und schaue sie verständnislos an. Aber Wehovsky meinte doch..., sagt sie erstaunt und beißt sich dann erschrocken auf die blassen Lippen. Schnell hat sie sich wieder im Griff und nun jenen entwaffnenden Gesichtsausdruck, mit dem ein Kind drohendem Ärger zuvorzukommen weiß. Und wie ein kleines Mädchen ist sie sich dessen Wirkung sicher. Es sei doch erstaunlich, dass sich Wehovsky ihren Mädchennamen gemerkt habe, sagt sie und schaut mir herausfordernd in die Augen. Wehovsky, natürlich, plötzlich begreife ich, dass sie keinen Artikel aus der heutigen Zeitung meint. Wie ich an den Gedichtband ihres Großvaters gekommen sei, will sie wissen. Ach den, sage ich, im Internet bekommt man doch jeden Mist. Frau Hartmann ignoriert das Herablassende meiner Bemerkung. Na immerhin, sagt sie, und wie...? Ich hatte wirklich noch keine Zeit, versichere ich schnell, ein großes Projekt, vielleicht werde ich deshalb sogar ein paar Wochen verreisen müssen, Recherchen, sie verstehen. In Wahrheit habe ich natürlich ein paar Seiten des Bandes überflogen, bin aber vor der etwas linkischen Inbrunst der Verse zurückgeschreckt. Ja, ja, die Arbeit, sagt sie, immer unterwegs, genau wie der Wilhelm, durch ganz Deutschland sei der damals gezogen, bei jedem Wetter, immer auf Achse, das heißt natürlich zu Fuß, bis nach Holland, und einmal sogar über die Alpen. Über die Alpen?, frage ich und bin mit diesem spontanen Anflug von Interesse schon in die Falle getappt. Ja, über den Brenner, genau wie Goethe, und gerade über die Berge habe er doch seine schönsten Gedichte geschrieben, also der Wilhelm, mit Goethe kenne sie sich nicht aus, aber die Alpengedichte von Wilhelm müsse ich unbedingt lesen. Hören Sie, ich habe im Moment wirklich keine Zeit, beharre ich genervt. Vielleicht sage ich es sogar eine Spur lauter als nötig, der Kater jedenfalls beginnt plötzlich zu fauchen, und für einen Augenblick sträubt sich sein Fell. Keine Angst, der meint es nicht so, sagt Frau Hartmann. Meint sie den Kater oder mich? Wehovsky duzt mich übrigens, sagt sie mit diesem typischen Lächeln, das mir nun allerdings etwas hinterhältig erscheint. So, so, tut er das, meine Frau duzt er auch. Sie missversteht meine Bemerkung als Vertrauensbeweis, denn Sabine habe ich ihr gegenüber bisher noch nie erwähnt. Netter Kerl, der Klaus, murmelt sie, wirklich nett. Wenn Sie das sagen, erwidere ich und betone das Sie, wofür Frau Hartmann nur ihr hintersinniges Lächeln übrig hat. Und dann, ich habe ihr schon den Rücken zugewandt, ertönt ein Pfiff, der nun wirklich dem eines Murmeltiers ähnelt, und als ich mich umdrehe, ruft sie mir nach: Grüß deine Frau von mir!

An eine Reise ist natürlich gerade jetzt nicht zu denken! Ich will Sabine nicht allein lassen und wüsste auch nicht, wie ich eine Reise ihr gegenüber erklären sollte. Vielleicht eine Recherche? Aber wofür? Auf Hildebrandts Spuren über die Alpen? Immerhin könnte ich sie auf die Probe stellen. Was aber, wenn sie mir zuredet? Eine Ortsveränderung wirkt in Sachen Kreativität manchmal Wunder, könnte sie sagen. Ich selbst habe das, wenn auch mit wenig Überzeugung, schließlich mehr als einmal behauptet, leichtsinnigerweise, wie sich jetzt herausstellt, denn Sabine läuft immer zu Höchstform auf, wenn sie mich mit meinen eigenen Argumenten schlagen kann. Ich kann jetzt nicht verreisen! Es sei denn, wir würden zusammen ... Ich bin doch nicht etwa eifersüchtig!

Ich sehe den Gedichtband auf dem Schreibtisch liegen, es ist ein schon etwas angegrauter, kleinformatiger Pappband und nun auch noch von Wehovskys Fingern befleckt, trotzdem betrachte ich ihn mit einer gewissen Ehrfurcht. Immerhin hat dieser Hildebrandt etwas hinterlassen. Doch kaum habe ich das Buch in der Hand, sehe ich den Hausmeister mit seinem Knie wippen, wie die Nadel einer Nähmaschine stichelt es auf und ab. Als ich überlege, wie weit ein Allround-Hausmeisterservice reichen könnte und ob er vielleicht einen Begleitservice für Mieterinnen beinhaltet, klingelt das Telefon. Es ist Frau Röhrlich von der Tourismuszentrale. Sie finde meinen Text ausgezeichnet, lobt die Ironie, die sie durchaus zu schätzen wisse, doch leider habe es von Seiten der Werbepartner diesbezüglich Bedenken gegeben. Wie gesagt, das sei nicht ihre Meinung, und sie bedauere das zutiefst, sie wisse, was sie an mir habe, aber ihre Meinung sei in diesem Fall leider nicht maßgebend, kurzum, es seien einige Änderungen nötig, Kleinigkeiten nur und kaum der

Rede wert, ich dürfe das nicht missverstehen, und sie habe das, meine Zustimmung vorausgesetzt, auch gleich selbst erledigt. Frau Röhrlich hat eine merkwürdig quäkende Stimme, die nur schwer zu ertragen ist, sie klingt nach angestrengter Dauereuphorie, und gleichzeitig schwingt ein infantiler Trotz mit, sodass man sich nicht wundern würde, wenn Frau Röhrlich mitten im Gespräch plötzlich in Tränen ausbräche. Sie liest mir ein paar der neuen Sätze vor, an deren Originalfassung ich mich nicht erinnern kann. Sätze wie aus einem Textbaukasten für Städtemarketing. Frau Röhrlichs Stimme verwandelt den Hörer in ein Megaphon, trotzdem stimme ich allen Änderungen sofort zu. Nur keine Tränen, denke ich und lobe ihre salomonische Formulierungskunst, die alles auf den Punkt bringe. Besser hätte ich das nicht sagen können, sage ich. Darauf schweigt sie einen Moment, vielleicht vermutet sie auch darin Ironie, doch den folgenden Dank spricht sie mit einem Hauchen, das ich ihr gar nicht zugetraut hätte, und das ihrer anschließenden Frage, ob ich denn gelegentlich wieder zur Verfügung stünde, eine fast frivole Zweideutigkeit verleiht. Jederzeit, sage ich, wann immer sie wolle. Vielleicht brauchen Sie ja mal was über die Alpen? Sie lacht. Sie möge meinen Humor. Danach entsteht wieder eine kurze Pause, die sich, da eigentlich alles gesagt ist, zu einer gespannten Erwartung steigert. Soll ich sie nun zum Essen einladen? Grüßen Sie meine Frau, sage ich endlich, Sie sehen sie doch sicher beim Mittag. Ihre Frau? Natürlich, gern, wenn sie denn heute kommt, sagt Frau Röhrlich, und ich weiß nicht, ob ihre nun wieder schrille Stimme Enttäuschung oder Erleichterung über dieses abrupte Ende unseres Gesprächs verrät.

Frau Röhrlichs Bemerkung hat mir jede Neugier auf die Berg-Gedichte genommen. Wenn sie denn heute kommt! Offenbar verbringt Sabine nicht jede Mittagspause in der Kantine. Ich weiß nicht, was das zu bedeuten hat, doch irgendetwas muss ich tun. Sabine glaubt manchmal, eine mangelnde Entschlusskraft bei mir auszumachen. Der Vorwurf, ein Meister der verpassten Gelegenheiten zu sein, macht mich für einen Moment zu einem ihrer Fälle, und ich warte auf den Tag, da sie mir mit pekuniären Konsequenzen droht. In Wahrheit habe ich ein ganz anderes Problem, eine Ungeduld, die sich zu etwas steigert, das ich Umsetzungszwang nenne. Zugegeben, dieser zwanghafte Drang überfällt mich eher bei belanglosen Kleinigkeiten, und vielleicht nur deshalb, weil meine Willensschwäche dadurch besser zu ertragen ist. Briefe öffne ich meist schon im Treppenhaus, ich kann keine herumliegenden Kleidungsstücke sehen und vor allem keine Ungewissheiten ertragen. Vor ein paar Tagen zum Beispiel fragte ich mich, ob der Springbrunnen am Kirchplatz seine alljährliche Winterpause schon beendet habe, und kam nicht eher zur Ruhe, bevor ich am Kirchplatz tatsächlich nachgesehen hatte. Der Springbrunnen, zwei runde, wie eine Etagere angeordnete Marmorbecken mit einer senkrecht ausgerichteten Düse als Krönung, sprudelte, und der Anblick der in die Höhe spritzenden Fontänen verschaffte mir die

Befriedigung, endlich ein Problem gelöst zu haben. Das Problem mit dem Baustellenzaun aber schiebe ich nun schon seit einer Woche vor mir her. Jetzt halte ich die Ungewissheit nicht länger aus.

Ich trage wetterfeste Wanderschuhe, als ich das Haus verlasse, vielleicht wären Gummistiefel besser, in der Nacht hat es ausdauernd geregnet, aber ich kann nicht am Tag mit Gummistiefeln über die Goetheallee gehen.

Der Bauzaun ist inzwischen mit Werbeplakaten behängt. Ein Hundefutterfabrikant verkündet eine frohe Botschaft: *20 Jahre Fressnapf. 20 Jahre Glück*. Die Einfahrt zur Baustelle ist von einem riesigen Laster versperrt. Die Reifen sind fast mannshoch, das Fahrgestell dreckbespritzt. Der Schlauch der Betonpumpe vibriert und wird von rhythmischen Zuckungen geschüttelt, bevor er die graue Masse in die Grube rotzt. Ein Kran dreht träge ein Bündel rostigen Bewährungsstahl durch die Luft, die Enden federn, als winkten sie mir zu. Einen Moment lang fürchte ich, sie könnten mich mit diesem Gruß verraten. Überall wuseln Bauarbeiter durch den Schlamm, keine Chance also, jetzt unbemerkt auf einen möglichen Spähposten hinter dem Zaun zu gelangen, und nach Feierabend würde das Tor sicher geschlossen sein. In einiger Entfernung, geschützt von einem Werkstattcontainer, haben sich zwei ältere Männer eingefunden, selbsternannte Experten mit grauen Windjacken und Schirmmützen, die das Geschehen, wegen des Lärms mehr gestikulierend als redend, sachkundig kommentieren und sicher jederzeit, wenn man sie fragen würde, auch zweckdienliche Hinweise geben könnten. Sie haben wahrscheinlich in ihrem Rentnerleben schon mehrere Bauvorhaben derart begleitet und würden sogar gern auch selbst mit zupacken, im Kopf jedenfalls scheint noch jeder Handgriff zu sitzen. Wir sind gewissermaßen Kollegen. Ich könnte mich zu den pensionierten Betonsachverständigen stellen, ihnen vertraulich auf die Schultern klopfen, mich zu meinem eigentlichen Beruf bekennen und mir von ihrer Passion berichten lassen. Ein Gespräch von Baufachmann zu Baufachmann, ein paar Anekdoten aus den guten alten Zeiten, als man noch wusste, wie man richtig baut: Ein Stein, ein Kalk, ein Bier. Und schon fallen mir die alten Zeiten wieder ein, die so gut nicht gewesen sind. Ein Stein, ein Kalk, zwei Bier, so hatte es bei Katharinas Mann geheißen, dem Bauarbeiter, dessen Fäuste auch nach Feierbabend keine Ruhe fanden. Wenn Katharina mir ihre blauen Flecken zeigte, beschwor sie mich, sie zu verlassen. Er schlägt dich sonst tot, warnte sie. Wenn ich ihre blauen Flecken sah, beschwor ich sie, ihn zu verlassen. Er schlägt dich sonst tot, sagte ich. Wir blieben vorerst beide, wir wähnten uns in Sicherheit, denn Katharinas Mann war gerade für einige Wochen auf Montage. Während der ahnungslose Quartalsschläger auswärts Häuser quaderte, leckte ich in seinem Haus heldenhaft Katharinas Wunden und hatte als guter Onkel und geschickter Baumeister im Dienst der Firma Lego bald auch bei Lena einen Stein im Brett, bis ich die Baustelle rechtzeitig vor der Rückkehr des rechtmäßigen Hausherrn wieder räumen musste.

Einer der Bauarbeiter ist inzwischen auf mich aufmerksam geworden und mustert mich mit einem hämischen Grinsen, vielleicht eine späte Rache seiner Zunft, jedenfalls ist nicht mehr daran zu denken, die Baustelle zu betreten oder auch nur in ihrer Nähe Maulaffen feilzuhalten. Beschämt sucht mein Blick bei einer Krähe Zuflucht, die einen Papierkorb nach Essbarem durchsucht. Geschickt pickt der Vogel einen Plastikbeutel auf und verteilt den Inhalt auf dem Gehweg, dann hüpft er gekonnt um die Beute und flattert, ein Stück altes Brot im Schnabel, auf das Containerdach, von wo aus er auf das Bodenpersonal herabblickt. Sein Triumph scheint mein Scheitern zu besiegeln. Das Problem mit dem Zaun muss vorerst ungelöst bleiben, und ich kehre noch vor Sabines Mittagspause unverrichteter Dinge an meinen Schreibtisch zurück.

Wilhelm Hildebrandt also. Wenn ich mich an seine Fersen hefte, kann ich meinen Gedanken an Sabine vielleicht entfliehen, an seiner notorischen Unrast Ruhe finden. Er sei ein Vagabund gewesen, hatte Frau Hartmann behauptet. Vielleicht hat er ja damals Charlie Chaplin als Tramp gesehen, denke ich und lese mit Erstaunen, dass Mitte der zwanziger Jahre des 20. Jahrhunderts siebzigtausend Vagabunden auf deutschen Landstraßen unterwegs gewesen sein sollen, Anfang der Dreißiger waren es schon mehrere Hunderttausend, ganze Heere von ehemaligen Soldaten und Arbeitslosen, von Abenteurern, Hungerleidern, Kleinkriminellen und selbsternannten Heiligen, desorientiert durch den verlorenen Krieg, durch Inflation, Massenarbeitslosigkeit und das Versagen der Republik. Chaplin war zwar ein Volksheld geworden, aber an einem Kinofilm allein kann das nicht gelegen haben, dass es die Sektierer und Verkünder einer neuen Gemeinschaft, die Trinker, Asketen und Abstinenzler, all die Träumer und Enttäuschten auf die Landstraßen trieb. Das bunte Volk der zupfgeigenden Wandervögel und entlaufenen Fürsorgezöglinge, der harm- und mittellosen Spinner und Freigeister, oder all die politischen Wirrköpfe, die den Zwängen und Annehmlichkeiten des bürgerlichen Lebens enthoben worden waren oder ihnen freiwillig entsagten und nun nach Glück und Freiheit suchten, nach einer neuen Ordnung, einer neuen Idee von Heimat, der Heimat für Heimatlose. *Die ganz Rechtsen und ganz Linksen haben die Bindung an die Abseitigen nicht verloren*, hatte Gregor Gog, einer ihrer Könige und Gründer der *Bruderschaft der Vagabunden*, behauptet, und so sollte mancher der Zukurzgekommenen schon bald Morgenluft wittern und den Tippelstock gegen den Pogromknüppel eintauschen, den Bettelsack gegen den Tornister, das Fahrtenmesser gegen den Ehrendolch. Die Wegelagerer von der Sturmabteilung jedenfalls sangen bald darauf ihre Kampflieder auf die Melodie der alten Vagabundenweisen.

Als Sabine dann, viel später als erwartet, endlich die Wohnung betritt, sieht sie müde aus. Sie ist gereizt, wirft den Schlüsselbund auf den Garderobenschrank, rasselnd fällt er zu Boden. Mich hat das Warten aggressiv gemacht. Die Sorge um deine Klienten hat aber heute lange gedauert, sage ich. Sabine zuckt mit den Schultern und denkt gar nicht daran, den Schlüsselbund aufzuheben. Und erfolglos waren deine Bemühungen wohl auch, oder waren die Klienten nur undankbar? Demonstrativ lege ich die Schlüssel auf den Schrank zurück, ich bin entschlossen, sie mit den neuen Erkenntnissen meiner Lektüre zu provozieren. Das habt ihr nun von eurer Fürsorge, sage ich. Fürsorge ist Polizistenmentalität! Ihr stellt den Leuten einen Fressnapf hin, ihr nehmt sie an die Leine und haltet die Leine kurz. Ihr trefft doch nur Vorsorge, um dieses Wirtschaftssystem und diese Gesellschaft zu erhalten, und macht sie dabei zu einer großen Kaserne. Ein Recht auf Brot und Arbeit ist ja gut und schön, aber es muss doch auch das Recht auf Freiheit geben, auf eine vagabundische Gegenwelt, eine Welt ohne Arbeitsdienstverpflichtung und Zwangsarbeitsstätten. Du spinnst ja, sagt Sabine. Sie hat recht, aber gerade das bringt mich noch mehr auf die Palme. Und dann geschieht etwas Merkwürdiges. Vielleicht ist aber auch nur merkwürdig, dass ich es für merkwürdig halte. Sabine nimmt mich einfach in die Arme. Nur langsam gebe ich meinen Widerstand auf, überlasse mich dem sanften Druck ihres Körpers, den ich irgendwann erwidere, eine Spur zu heftig vielleicht, sodass Sabine sich mit einem leisen Stöhnen aus der Umklammerung zu befreien versucht, meinen Kopf aber gleich wieder gegen ihren Hals drückt. Mit den Lippen kann ich ihren Puls spüren. Ich weiß ja, sagt sie und küsst mir das Haar. Ich frage nicht, was sie zu wissen glaubt, aber ich möchte ihr in diesem Moment alles glauben. Und ich möchte so stehen bleiben, minutenlang, stundenlang, ich möchte, dass dieser Moment ewig währt. Wir sollten mal wieder ein paar Tage verreisen, sagt Sabine. Ich stelle mich taub, über ihre Schulter sehe ich das Zimmer, wo die Fremdheit gewichen ist und alles auf beruhigende Weise seinen Platz hat, da sind die Möbel, die Bücher, selbst der Schreibtisch hat seinen Schrecken verloren. Da ist Sabine, die mich in den Armen hält. Ich wünschte Wehovsky könnte uns so sehen, ich sehe nach draußen, aber vor dem Fenster hat sich nur eine Meise in der Weide niedergelassen. Kopfüber hängt sie an einem der Zweige, lässt sich eine Weile vom Wind schaukeln und fliegt dann davon. Mein Bein ist eingeschlafen, sagt Sabine und schiebt mich lachend von sich fort.

8

Kann man sich an einen Geruch erinnern? Klar, man riecht etwas und weiß, es riecht nach diesem oder jenem oder man weiß, das habe ich schon einmal gerochen, aber das meine ich nicht. Ich meine, kann man sich einen Geruch vorstellen, ohne ihn wahrzunehmen? Karl überlegt, seine Nasenflügel blähen sich leicht. Wenn du Pferdeschweiß meinst, dann ja, sagt er nach einer Weile. Ich schweige. Du denkst nicht an Pferdeschweiß, oder? Vergiss es, sage ich.

Letzte Nacht war ich mit dem Verdacht erwacht, Sabine habe bei unserer Umarmung nicht nach ihrem Büroparfüm, sondern nach ihrem Ausgehparfüm gerochen. Ich wusste nicht, ob ich das falsche Parfüm geträumt hatte und davon aufgeschreckt war oder erst nach dem Erwachen an das falsche Parfüm gedacht hatte. Ich versuchte mir die Situation vorzustellen und glaubte mich tatsächlich an jedes Detail zu erinnern, an ihre Haut mit dem sichelförmigen Leberfleck über dem Schlüsselbein, ihre Stimme, als sie sagte, wir sollten mal wieder verreisen, an die Meise vor dem Fenster, nur der Duft des Parfüms war nicht zu rekonstruieren. Ich kroch unter Sabines Decke, sie hatte am Abend geduscht und so alle Spuren beseitigt.

Auf meinem leeren Bierglas haben sich einige Fruchtfliegen niedergelassen, eine Weile umrunden sie den Rand, dann krabbeln sie zu den getrockneten Schaumresten an der Innenseite, wagen sich aber nicht bis zur Pfütze auf dem Grund des Glases.

Fruchtfliegen, behauptet Karl, wohl um mich aufzuheitern, und bezieht sich, wie er sagt, auf einen aktuellen Forschungsbericht amerikanischer Wissenschaftler, Fruchtfliegen also zöge es verstärkt zum Alkohol, wenn sich ihnen keine Möglichkeit zur Fortpflanzung biete. Karl ahnt nicht, wie sehr er mich mit dieser Bemerkung trifft. Ich nehme das Bierglas und schwenke es, sodass der Bierrest nach oben schwappt. Die meisten Fliegen entkommen, nur eine wird auf den Grund des Glases gespült, zappelt eine Weile und ertrinkt. Ich nehme mir vor für Sabine ein Geschenk zu kaufen, sobald Frau Röhrlich mir das Honorar für meinen Text überwiesen hat. Der Anblick der toten Fliege und der Gedanke an das Geschenk beruhigen mich.

Karl hat es heute nicht eilig, die Kneipe ist leerer als sonst um diese Zeit, wahrscheinlich wird ein wichtiges Fußballspiel gezeigt. Karl weigert sich, in seiner Kneipe ein Fernsehgerät aufzustellen, und nimmt dafür sogar Einbußen in Kauf. Trotzdem betrachtet er das Paar, das gerade zur Tür hereinkommt, wie Eindringlinge und straft die neuen Gäste mit gespielter Ignoranz. Er hat eine klare Vorstellung von seinen Gästen und einen untrüglichen Blick für Okkupanten. Solche Typen, sagt er, rieche er schon auf einige Meter gegen den Wind. Die beiden tragen cremefarbene und lindgrüne Einkaufstaschen aus Papier, wie man sie in den Boutiquen der Innenstadt bekommt, sie scheinen zum ersten Mal hier zu sein, kennen sich jedenfalls mit den hiesigen Gepflogenheiten nicht aus. Sie setzen sich grußlos an einen freien Tisch und warten. Karl zwinkert mir verschwörerisch zu und bleibt hinterm Bierhahn stehen, die gespreizten Arme auf den Tresen gestützt. Nach einer Weile gibt die Frau dem Mann ein Zeichen, nun endlich etwas zu unternehmen. Der Mann räuspert sich und hebt dann verschämt die Hand. Der Saloonbetreiber, nun ganz in schwarz gekleidetes Phlegma, wendet sich ab, krault dem Hund das mopsige Fell und durchsucht dann lange das CD-Regal nach einem passenden Rausschmeißer. Als er endlich hinter dem Tresen hervorbummelt und sich an den Tisch bequemt, wackelt John Wayne, mit dem Stummelschwanz wedelnd, seinem Herrchen hinterher. Karl baut sich vor den Eindringlingen auf, er rückt dabei die am Gürtel hängende Geldbörse zurecht, als sei sie eine Pistolentasche. Der silberne Totenkopfring glänzt. John Wayne zeigt sein verkniffenes Gesicht. Da erst beginnt das Paar wortreich, sich über seine Wünsche zu beratschlagen. Die Frau will schließlich Latte macchiato. Karl legt seine Hand langsam auf die imaginäre Revolvertasche. Führen wir nicht, blafft er dann. Der Hund versucht ein Knurren. Schatz, es gibt keinen Latte macchiato, übersetzt der Mann in einem Tonfall, der offen lässt, ob er sich bei seiner Frau für Karl oder bei Karl für seine Frau entschuldigen möchte. Die Frau will nun eine Weißweinschorle, was Karl mit unverkennbarer Missbilligung aber ohne Widerspruch zur Kenntnis nimmt. Der Mann hat durch den kleinen Zwischenfall offenbar seinen Wunsch vergessen, er ist verwirrt, weshalb Karl ihm die Entscheidung entschlossen abnimmt. Eine Weißweinschorle, ein Bier! Der Mann nickt, er wirkt verschüchtert und erleichtert zugleich.

Während ich die beiden ungeliebten Gäste, die sich jetzt flüsternd gegenseitig Vorwürfe machen, beobachte, fällt mir Sabines Bemerkung über die Kneipe ein. Heimatabend für Verlorene. Jetzt bin ich sicher, Sabine hat Verlorene gesagt. Die Frau hat jetzt genug von dem Streit, sie holt aus einer der Taschen einen Parfümflakon und riecht daran. Der Mann rührt sein Bier nicht an, er blickt sich unsicher um, beklopft unentwegt die Taschen seines Jacketts, als suche er nach etwas oder müsse sich seines Vorhandenseins vergewissern, ihr Benehmen ist ihm peinlich. Hat er gerade bemerkt, was ihn an seiner Frau stört? Nein, er weiß es schon lange, kann aber nicht ertragen, dass dieses Wissen nun öffentlich wird. Er ist wie die Fruchtfliegen, Karl hat ihn mit ein paar Worten und Gesten der Zurückweisung in die Lache gestoßen, nun kämpft er gegen das Ertrinken. Seine Verlorenheit weckt für einen Augenblick meine Solidarität, ich verspüre ein Gefühl von Zugehörigkeit, doch gleich darauf langweilt es mich, dem Mann bei seiner Selbsterniedrigung zuzusehen.

An diesem Abend wechsle ich bei der Wohlgemuthschen Buchhandlung nicht die Straßenseite, sondern bleibe trotzig vor dem erleuchteten Schaufenster stehen. Doch statt mir die ausgestellten Bücher anzusehen, fällt mir eine Fotografie ein, die ich vor Jahren in einem Buch oder in einer Ausstellung gesehen habe. Das Bild zeigte ein heruntergekommenes Vorstadthaus mit einer Eckkneipe im Erdgeschoss. Von der Fassade bröckelte der Putz, im Fenster welkten Topfpflanzen und eine Bierreklame vor vergilbten Gardinen. Die Straße menschenleer. Vor der Kneipe, im spärlichen Schein einer Straßenlampe, stand einsam ein Kinderwagen. Jetzt, vor dem Schaufenster der Buchhandlung, kommt es mir merkwürdig vor, dass ich mir, wie wahrscheinlich die meisten Betrachter dieses Bildes, sicher war, in dem Kinderwagen müsse ein Kleinkind liegen, das von seinen Eltern, die in der Kneipe saßen, abgestellt worden war, oder dass sich das Kleinkind zwischen Rauchern und Trinkern in der Kneipe befinden müsse. Eigentlich deutete auf dem Foto nichts auf diesen Umstand hin, nur die Trostlosigkeit des Vorstadthauses und die Verlorenheit des Kinderwagens hatten diese Deutung wahrscheinlich wirken lassen, und offenbar hatte der Fotograf das Bild nur gemacht, weil sich auch in seinem Kopf die gleiche Geschichte abspielte. Während ich nach Hause gehe, nehme ich mir vor, mir zu dem Bild eine tröstliche Geschichte auszudenken, die den ersten Eindruck unterlaufen würde.

Erst als ich die Wohnung betrete und Sabines Jacke an der Garderobe sehe, fällt mir das falsche Parfüm wieder ein. Ich drücke mein Gesicht in den Stoff, der einen angenehm vertrauen Geruch hat.

Am nächsten Morgen regnet es. Es ist nur ein leichter Nieselregen, eher eine neblige Feuchtigkeit, man kann die Tropfen nicht sehen, nur von den regungslos herabhängenden Ästen der Weide fallen sie in träger

Monotonie zu Boden, trotzdem denke ich sofort, dass ich bei diesem Regen nicht zu Frau Hartmann gehen kann. Als wäre das Wetter eine Entschuldigung und als hätte ich eine Entschuldigung nötig. Sabine muss trotz des Regens ins Büro. Sie zieht sich feste Schuhe an, die bequem sind, und sie scheint deswegen erleichtert. Ein Vagabund wird doch vor so ein bisschen Regen nicht zurückschrecken, sage ich mir und ziehe mir eine Jacke über. Sabine zupft sofort an meiner Kleidung herum, als sei sie für mein Aussehen verantwortlich und ich ohne ihr ordnendes Eingreifen tatsächlich ein Vagabund. Du hast noch immer eine Fahne, sagt sie. Ich halte den Atem an und frage mich, ob sie sich später im Büro an den Geruch wird erinnern können. Als ich wieder Luft hole, rieche ich das richtige Parfüm. Wie geht es eigentlich deiner Zeitungsfrau, will Sabine wissen. Ich weiß nicht, wir sprechen nicht darüber, aber sie duzt mich jetzt, und übrigens soll ich dich von ihr grüßen, sage ich und wende meinen Kopf dabei leicht zur Seite. Meine Rücksichtnahme ist ihr nicht entgangen, sie lächelt, wahrscheinlich glaubt sie mir den Gruß nicht. Dann bindet sie sich ein Kopftuch um, das sie plötzlich fremd aussehen lässt. Sie sieht aus wie eine Russlanddeutsche denke ich und sage, dass Wehovsky die Russlanddeutschen nicht mag. Ich glaube, du magst Wehovsky nicht, sagt sie und schlüpft durch die Tür. Ich schlage den Kragen hoch, den Sabine gerade geordnet hat.

Als wir in die Steinstraße gezogen waren, kam fast täglich eine alte Frau an unserem Fenster vorbei.

Ihre Beine waren dick bandagiert, sie schlurfte, trug bei jedem Wetter einen zerschlissenen Mantel und ein kariertes Kopftuch, das ihr schmales Gesicht fast vollständig verdeckte. Und immer schob sie einen altmodischen Kinderwagen vor sich her, in dem wir anfangs einen jungen Hund oder eine Katze vermuteten, der aber in Wirklichkeit, wie Wehovsky uns erzählte, leer war. Wehovsky wusste auch, dass die Frau am Ende des Krieges in einem der zerbombten Häuser verschüttet war. Erst nach mehreren Tagen sei sie als einzige Überlebende aus dem Keller geborgen worden und habe da noch immer ihr totes Kind im Arm gehalten. Sie habe einen Treffer weg, sagte Wehovsky. Wir haben nie mit ihr gesprochen, niemand sprach mit ihr. Eines Tages war die Frau verschwunden, ich habe sie anfangs vermisst, irgendwann aber vergessen. Jetzt, als ich zu Frau Hartmann gehe, fällt sie mir wieder ein. Vielleicht muss ich wegen Sabines Kopftuch an sie denken, vielleicht wegen des Kinderwagenfotos, aber eine tröstliche Geschichte, das weiß ich sofort, wird sich auch aus dieser Erinnerung nicht schreiben lassen. Irgendwann, denke ich, werde ich auch Frau Hartmann vermissen.

Frau Hartmann steht vor ihrem Laden und raucht. Der Regen scheint ihr nichts auszumachen, die Tropfen perlen von ihrem Haar. Eine Perücke ist eine Art Mütze, denke ich. Dann fällt mir das Wort Tarnkappe ein, und während ich mich bisher manchmal gefragt habe, ob sie sich die Perücke zugelegt hat, um sich oder um anderen zu gefallen, glaube ich nun, Frau Hartmann trägt die Perücke als eine Art Tarnung, mit deren Hilfe sie ihre Krankheit versteckt und sich wieder unter die Gesunden mischen will. Und wie um meinen Verdacht zu bestätigen, verhält sich Frau Hartmann heute wie eine ganz normale Kioskbesitzerin. Zwar schiebt sie mir die Zeitung und meine Zigaretten über die Ladentafel, noch bevor ich ein Wort gesagt habe, aber alles wirkt viel routinierter als sonst, ihr Interesse gilt nicht mir, nur meinem täglichen Wunsch und dem Geld, das ich dafür auf die Glasplatte lege. Sie spricht mich nicht an, sie scheint mich nicht einmal zu erkennen, das ist doch nicht normal. Eigentlich müsste ich beleidigt sein. Vielleicht war es nur ihre Krankheit und die damit verbundene Ahnung von ihrem baldigen Ende, die sie von ihrem Großvater hatte erzählen lassen. Nun kommt ihr das durch die scheinbar gelungene Tarnung überflüssig vor. Es ist lächerlich, Frau Hartmann überschätzt ihre Perücke! Ich hätte Lust, sie auf ihren Großvater anzusprechen, doch vielleicht, denke ich, ist gerade das ihr Kalkül, also frage ich stattdessen, ob Wehovsky heute schon hier war. Der komme nur wegen des Lottoscheins, sagt sie. Oder wenn er gewonnen hat, sage ich. Na, Sie kennen sich ja aus, gibt sie zurück, und auch da ist nichts von ihrem ironischen Lächeln zu erkennen. Das Sie versetzt mir einen kleinen Stich. Die Katze steht am Fenster und versucht die Tropfen abzulecken, die an der Außenseite der Scheibe herunterrinnen. Ich nenne das Wetter ein Scheißwetter und verlasse den Laden. Das ist doch gar nicht so schlimm, ruft Frau Hartmann mir nach, worauf ich an der Tür einen Moment zögere, als müsse da noch ein Nachsatz kommen. *Wie damals bei der Kundgebung in jenem kalten Winter dreiunddreißig, als mein Großvater ...*, könnte sie sagen, doch Frau Hartmann sagt nichts mehr.

So schlimm ist der Regen wirklich nicht. Ich lasse mir Zeit, halte mir das Morgenblatt über den Kopf und bin erleichtert, es deshalb nachher nicht lesen zu müssen. In letzter Zeit empfinde ich ohnehin oft einen Überdruss gegenüber Neuigkeiten, lese Zeitungen höchstens noch aus einer Art von Pflichtgefühl, man muss informiert sein, sage ich mir, doch schon bei den Überschriften macht sich ein seltsames Unbehagen breit. Es macht Spaß, so durch den Nieselregen zu gehen, ich würde mir gern dabei zusehen. Beim Gehen durch den Regen fühlt man sich auf eine wunderbare Weise unbehelligt, die meisten Leute stieren nach unten, sind mit sich und dem Getropfe beschäftigt. Auf der anderen Straßenseite steht ein kleiner Junge lachend in einer riesigen Pfütze. Er trägt die Miniaturausgabe einer Anglerhose, die an seinen Beinen riesig wirkt und deren roter Gummi ihm bis unter die Brust reicht. Seine Mutter versucht ihn zum Weitergehen zu überreden. Komm jetzt!, ruft sie, doch das Energische in ihrer Stimme wird von einem amüsierten Lächeln Lügen gestraft. Jedes Mal, wenn sie sich ihm unter theatralischem Flehen und Bitten nähern will, stampft das Kind lachend mit dem Fuß, das Wasser spritzt und hält sie auf Abstand. Doch dann wird es ihr zu bunt. Die Mutter ist plötzlich gereizt, sie droht ihm – Ich sag's dir zum allerletzten Mal! –, stampft wie er mit dem Fuß, allerdings im Trockenen. Der Junge lacht und bleibt unerschüttert im Wasser. Erst als sie sich demonstrativ abwendet und schweigend weitergeht, als wolle sie den Jungen für immer zurücklassen, gibt er das Spiel auf und mimt triefend den Beleidigten. Als der Junge heulend an Land gestiefelt ist und seiner Mutter hinterherrennt, die Zeitung über meinem Kopf ist inzwischen allmählich verpappt und beginnt zu triefen, fällt mir ein, was ich vor Tagen geträumt habe. In diesem Traum wurde ich wach und hörte, wie die Frau, die neben mir im Bett lag, vorsichtig aufstand, sich im Dunkeln leise anzog und dann das Zimmer verließ. Ich stellte mich schlafend, wusste nicht, wo sie mitten in der Nacht hinwollte, vielleicht wollte sie mich verlassen oder einfach nur raus und wäre dann womöglich auf nächtlicher Straße Opfer eines Verbrechens geworden, dessen man mich, da ich ihr Verschwinden nicht erklären konnte, später bezichtigen würde. Ich stellte mir vor, wie die Polizei am Morgen klingeln und mir die Nachricht überbringen würde, man habe die Leiche einer Frau gefunden, wie ich vom Zeugen schnell zum Verdächtigen werden würde. Panik befiel mich, ich müsste aufstehen, sie suchen, und doch blieb ich – war das noch immer ein Traum? – liegen und schlief nach einigen Minuten wieder ein. Am Morgen wagte ich es lange nicht, mich nach Sabine umzudrehen, endlich hörte ich ihr leises Schnaufen, doch da wusste ich schon nicht mehr, ob ich von ihr oder Katharina geträumt hatte.

Der Zeitungsschirm ist inzwischen so durchgeweicht, dass die Zeilen auf dem von der Nässe gedunkelten Papier von der Schrift der Rückseite überlagert werden. Als ich den schweren, triefenden Block mit heimlicher Freude in die Restmülltonne werfe – für Altpapier, sagt Wehovsky, ist der Container da –, sehe ich die Bücher. Die halbe Tonne ist voll davon. Bücher über Bücher, manche klaffen, als schnappten sie nach Luft. Die Titel in kyrillischen Buchstaben. Obwohl ich etwas Russisch kann, mache ich mir nicht die Mühe, sie zu entziffern. Natürlich habe ich sofort die Russlanddeutschen als ehemalige Besitzer der Bücher in Verdacht, wer sonst sollte in diesem Haus russische Bücher besitzen. Die Bücher sind wahrscheinlich mit ihnen auf die Reise gegangen, oder man hat sie ihnen nachgeschickt, nun sind sie also angekommen. Angekommen in einer Restmülltonne, angekommen, wie die beiden alten Russlanddeutschen angekommen sind. Angekommen im falschen Leben. Kaum habe ich den Deckel der Mülltonne wieder zugeklappt, befällt mich ein schlechtes Gewissen, ich hätte den Büchern die letzte Ehre erweisen und wenigstens die Titel entziffern sollen.

Der Gedanke an die weggeworfenen Bücher verfolgt mich bis an den Schreibtisch, obwohl das Zimmer, in dem er steht, ein gutes Versteck abgibt, wo ich mich vor den Anfechtungen der Außenwelt sicher glaube, ein Versteck mit Mauern aus Büchern. Und die Bücher kommen mir oft wie Verstecke in diesem Versteck vor, kleine Rettungsinseln, die man aufklappt, und schon entfaltet sich wenigstens für ein paar Stunden eine Zuflucht. Manchmal greife ich wahllos nach einem Buch, schlage es auf, lese ein paar Sätze und weiß, dass ich schreiben muss. Aber wie soll man schreiben, wenn vor der Tür eine Mülltonne voller Bücher steht?, denke ich und habe dann plötzlich Lust, ihnen noch andere Bücher nachzuwerfen. Möglicherweise sogar meine eigenen Bücher, all die unverkäuflichen Restposten, probeweise zunächst, vielleicht würde sich dadurch eine Erleichterung einstellen. Aber dann denke ich an Wehovsky und seinen stillen Triumph angesichts meiner weggeworfenen Bücher, der sogar die Mühe wettmachen würde, mit der er die Bücher aus der falschen Tonne zöge und zum Altpapiercontainer brächte. Danach würde ich ihm aus Scham nie wieder unter die Augen treten können. Es würde Wehovsky leichtfallen, mich zu überführen, denn nicht nur auf den von mir geschriebenen Büchern steht mein Name, alle in meinem Besitz sind auf dem Vorsatzblatt abgestempelt. Dieses Exlibris für Arme war ein Geschenk von Sabines Mutter, das ich nicht ungenutzt verschwinden lassen konnte, wie manches andere ihrer Geschenke. Den kleinen Bücherstapel aus Ton zum Beispiel, der, innen hohl, als Kerzenständer diente, hatte ich, so glaubte ich wenigstens, dezent entsorgt, doch im Fall des Stempels fragte sie mehrfach nach und erzählte von verborgten Büchern, die sie nie zurückbekommen habe. Tagelang musste ich also stempeln, als wäre ich wirklich einer von Sabines Klienten. Das Exlibris zeigt natürlich eine Eule, von deren Ambivalenz aus Weisheit und Finsternis Sabines Mutter nichts ahnt, und die mich nun aus jedem Buch blöde und traurig anglotzt. Ich sehe mich an meinem Schreibtisch sitzen, und auch dieser Anblick hat etwas unsäglich Trauriges. Wenn wenigstens Frau Röhrlich anriefe, ein kleiner Auftrag, und ich wäre vorerst gerettet, doch das Telefon schweigt.

Wilhelm Hildebrandt musste wahrscheinlich auch stempeln gehen. Aber einen eigenen Schreibtisch wird er nie besessen haben, ihm genügte die kleine Fläche des Oberschenkels, die das angewinkelte Knie ihm bot, wenn er sich auf eine Bank oder einen Baumstumpf setzte. Auch Bücher müssen ihm als Ballast erschienen sein, abgesehen von einem Notizbuch vielleicht, dessen Ränder ich mir schmutzig und zerschlissen vorstelle, von einem längst überdehnten Gummiring, in dem ein Bleistiftstummel steckt, nur notdürftig zusammengehalten. Immer wenn ich mir ihn vorstelle, sehe ich ihn gehend, von Unruhe getrieben, obwohl er keinerlei Verpflichtung hat, keine Arbeit und keine Familie, nicht einmal eine Richtung scheint sein Gehen zu haben, doch gerade dieses Gehen muss es sein, was seine Unruhe für einige Stunden vergessen macht, ihn beruhigt. Ich will ihn mir nicht vorstellen in den billigen Absteigen und Suppenküchen, in den Wärmehallen und heruntergekommenen Nachtasylen, sehe ihn, das Grau meines Schreibtisches vor Augen, viel lieber mit Sack und Knotenstock über Wiesen und Felder gehen, nie ist er Teil einer Clique, immer sehe ich ihn allein gehen, mehr Romantiker als Vagabund, sehe ihn gehen auf sich durch die Landschaft am Fuße der Berge schlängelnden Landstraßen, die von Obstbäumen flankiert sind, von denen die reifen Früchte fallen, ihm zufallen wie die Gedichte, die er in sein zerschlissenes Notizbuch schreibt. Und dann gibt es diese Träume, in denen ich es bin, der über die Landstraßen unter den Obstbäumen geht, doch diese Träume währen nicht lange, immer versagen mir irgendwann die Beine, brennen die Oberschenkel, werden die Knie weich wie faulige Früchte, ich komme nicht vorwärts, trete auf der Stelle, versinke im Boden, der grau ist wie die Arbeitsplatte meines Schreibtischs.

Ob ich schon das Neueste wisse, will Sabine an diesem Abend von mir wissen. Sie strahlt. Lohnerhöhung? Beförderung? Sabine schüttelt den Kopf. Ein Bombenfund in der Baugrube an der Goetheallee? Ein neuer Auftrag von Frau Röhrlich? Wehovsky nach einem Sexismusvorwurf vom Allroundservice fristlos entlassen? Weil ich es nicht weiß, entlockt Sabine ihrer Schreibtischschublade das dumpfe Geräusch, zieht einen bunten Prospekt ans Licht und hält ihn mir triumphierend vors Gesicht. *Mit Goethe durch Italien*, lese ich verblüfft. Zehn Tage, sagt Sabine, eine Bildungsreise! Na, was sagst du? Ich weiß nicht, sage ich, ist der Mann nicht schon lange tot? Blödmann, sagt Sabine. Die Gesellschaft des toten Dichterfürsten erscheint mir aber schon als geringeres Übel, als ich dem Prospekt entnehme, auf wessen Mist die Idee zu dieser Exkursion gewachsen ist: Unter dem Vertrag prangt der Stempel der Buchhandlung Wohlgemuth. Und daneben Sabines Unterschrift! Hast du etwa ... Ja, eine tolle Idee, fällt mir Sabine ins Wort. Angelika gehe jetzt mit ihr zum Sport und habe von der geplanten Reise erzählt, Sabine habe sofort an meine Bemerkungen über Goethe damals am Gardesee denken müssen und schon vor einer ganzen Weile gebucht, es sollte eine Überraschung sein. Es ist eine Überraschung, beteuere ich und sehe mich schon durch die Campagna streifen, umzingelt von einer Herde beigefarbener Windjacken und grauer Köpfe, die Frau Wohlgemuth zu ihrer Führerin ausgerufen hat und ihr bedingungslos folgt. In meinen Beinen macht sich eine Taubheit breit, die ich bisher nur aus den Träumen kenne. Sabine aber kann Gedanken lesen. Keine Angst, nur eine überschaubare Gruppe, sagt sie, alles nette Leute, die sympathische Buchhändlerin als Reiseleiterin natürlich, zwei pensionierte Lehrer, Frau Röhrlich überlege noch, kurz, man könne sich da ganz auf Angelika verlassen, die sich übrigens freue, mich endlich kennenzulernen. Du wirst sie mögen, sagt Sabine. Ich weiß nicht, sage ich noch einmal, ich habe eigentlich gerade wenig Zeit. Es gibt Sätze, die zwischen uns nicht fallen sollten, und Sätze, in denen ich über fehlende Zeit klage, gehören unbedingt dazu. Du und keine Zeit, lacht Sabine, ausgerechnet Du. Ihr Lachen klingt bitter und voller Hohn. Sie meint es nicht so, versuche ich mir einzureden, doch Sabine glaubt, es auch noch beweisen zu können. Schon am Vormittag, wenn andere Leute arbeiten, auf der Goetheallee rumzuschlendern, dafür sei Zeit! Der Vorwurf ist nicht neu, trotzdem werde ich hellhörig. Jetzt bloß keinen Fehler machen, denke ich und frage verwundert: Wann? Darüber führe sie nicht Buch, aber als dieser Unfall im Fitnessstudio war zum Beispiel, sie habe mich gesehen und die ganze Abteilung sei Zeuge, Leugnen also zwecklos. Für diese Bemerkung, die nichts weniger ist als ihr Alibi, würde ich sie am liebsten küssen, muss aber vorerst noch ein bisschen den Beleidigten mimen. Sabine muss ihr Beleidigtsein nicht spielen, was mir genügend Zeit lässt, mich mit meinem Schicksal abzufinden: Mit Goethe durch Italien!

Mein Friedensangebot lässt eine Weile auf sich warten und ist von leiser Art. Kein Begeisterungsruf *Auch ich in Arakadien!* kommt über meine Lippen, selbst die Sabine sicher schmeichelnde Aufforderung *Auf in die Sabiner Berge!* kann ich mir verkneifen. Ich lege die Dünndruckausgabe von Goethes *Italienischer Reise* auf meinen Schreibtisch, wortlos zwar, aber immerhin gut sichtbar. Meine Gedanken sind da aber schon bei Hildebrandt, der sich sicher keinen Dachsranzen aufpacken und sich in keine Postchaise werfen konnte, wie der Geheime Rat aus Weimar, sondern den Weg hinauf zum Brenner zu Fuß, aber dafür allein in Angriff genommen hatte. Sabine lässt das Zeichen meiner Kapitulation lange unkommentiert, obwohl sie an diesem Abend ungewöhnlich oft an meinen Schreibtisch kommt, einmal sogar im Vorbeigehen wie zufällig ihre Fingerspitzen über den roten Einband der Insel-Ausgabe gleiten lässt. Erst später, als wir schon im Bad sind, bekennt sie erleichtert, den weißen Schaum der Zahnpaste zwischen den Zähnen, wie unangenehm es ihr gewesen wäre, die Buchung rückgängig machen zu müssen. Dann verliert sie kein Wort mehr über die geplante Reise, nur ihr Körper zeigt mir im Bett ihre Dankbarkeit.

9

Der Kinderwagen steht einsam direkt neben dem Eingang zu Frau Hartmanns Laden. Es ist ein älteres, hochbeiniges Modell mit großen Speichenrädern, das blaue Verdeck verwehrt mir den Blick ins Innere. Ich muss an die anmaßende Vertraulichkeit denken, mit der sich vornehmlich ältere Frauen über fremde Kinderwagen beugen, und an das Entzücken, dem sie beim Anblick eines Babys mit infantilen Lauten Ausdruck geben. Gern würden sie etwas Vergleichbares vorzeigen, haben aber nur ihre ebenfalls in die Jahre gekommenen Ehemänner dabei, die meist etwas gelangweilt auf der Stelle treten und erst am Ärmel gezogen werden müssen, bevor sie dem fremden Nachwuchs scheu und lustlos ihre Anerkennung zollen. Sabine steht bei solchen Szenen ganz auf der Seite der Männer, mehr noch, sie unterstellt den Müttern ein Kalkül, eine bewusste Zurschaustellungen ihrer Kinder, die sich auch gegen sie richtet, weshalb sie die Mütter mit einer offen zur Schau gestellten eisernen Ignoranz bestraft. Sie würde mir nicht glauben, dass ich jetzt nur wegen eines alten Fotos in den Kinderwagen schaue, sie würde auch bei mir ein Kalkül vermuten und meinen Blick als gegen sie und ihre Kinderlosigkeit gerichtet missverstehen. Der Kinderwagen ist voller Werbeprospekte, und ich bin nicht sicher, ob dieser Anblick mich enttäuscht oder tröstet, doch die Vorstellung, dass in Zeiten des Internets jemand noch immer mit einem alten Kinderwagen von Briefkasten zu Briefkasten zieht, nimmt mich sofort für die Besitzerin des Wagens ein.

Auch Frau Hartmann, die mich offenbar durch die Scheibe beobachtet hat, muss meinen Blick falsch verstanden haben. Kinder sind etwas Wunderbares, sagt sie und fühlt sie sich nun veranlasst, sofort ein paar Worte über ihren Großvater als werdenden Vater zu verlieren, dessen Begeisterung in Sachen Steinachsche Verjüngungsfragen offenbar eine theoretische geblieben war und seine Zeugungsfähigkeit nicht beeinträchtigt hatte. Er habe damals, in jenem unglückseligen Jahr dreiunddreißig, sein Leben als Vagabund beenden und endlich sesshaft werden wollen, Schuld sei natürlich eine Frau gewesen. Während sie spricht, versuche ich sie mir ohne Perücke vorzustellen und bin erstaunt, dass es mir nicht mehr gelingt. Sie ist heute von einer auffälligen Euphorie erfüllt, der Gedanke an die junge Frau entlockt ihr immer wieder ein fast jungmädchenhaftes Kichern. Die sei Lehrerin an einer Reformschule gewesen, eigentlich selbst noch ein Kind, die beiden hätten sich nur kurze Zeit gekannt, schon war die Frau schwanger, das sei eben damals so gewesen. Frau Hartmanns Gesicht durchläuft während dieser Worte eine erstaunliche Wandlung, erst flackert das verschmitzte Lächeln auf, das wohl der Potenz ihres Großvaters gilt, dann deutet ein herablassendes Verziehen der Mundwinkel an, dass ihr das nicht passiert wäre. Die Reformlehrerin habe auf einer bürgerlichen Hochzeit bestanden, als nicht ganz brave Tochter katholischer Eltern wollte sie dem Luftbader und Freidenker – war er's da überhaupt noch? – zumindest eine Zivilehe abtrotzen, und ihr Großvater hätte sich nun als angehender Familienvater eigentlich eine Arbeit suchen müssen. Und, hat er? Du weißt doch... Sie wissen doch, ein paar Wochen später war er tot. Bleiben wir beim Du, schlage ich vor. Frau Hartmann nickt. Vielleicht wäre er ja sonst zum Autobahnbau gegangen, sage ich, denn mit Straßen kannte er sich ja aus. Er war ein Dichter!, protestiert Frau Hartmann, ein Mann des Worts! Dann eben Propaganda, versuche ich sie zu provozieren und bemerke beim Gedanken an meine Arbeit für Frau Röhrlich sofort, dass diese Spitze ein Eigentor ist. Ist doch auch egal, meint sie, jedenfalls zieht man nicht mehr durch die Welt, wenn die Frau guter Hoffnung ist. Nein, da stellt man sich lieber an den Straßenrand, um dem Führer zuzujubeln, denke ich. Auch ihr Großvater sei damals guter Hoffnung gewesen, was diesen Hitler betreffe, sagt Frau Hartmann, aber dann habe er eben diese Lungenentzündung bekommen, bald sei er tot gewesen und die Frau in doppelter Hinsicht in anderen Umständen. Was hätte nicht alles aus ihm werden können, seufzt Frau Hartmann, so ein talentierter junger Mann! Ja, bestätige ich, was hätte nicht alles aus ihm werden können. Reichsschrifttumskammerkandidat Hildebrandt? Schutzhäftling Hildebrandt? SS-Mann Hildebrandt? Vielleicht gibt es ja eine Gnade des frühen Todes, denke ich mit der Anmaßung eines Spätgeborenen und frage endlich, wem eigentlich der

Kinderwagen gehört. Welcher Kinderwagen? Meine Kopfbewegung in Richtung des Fensters holt Frau Hartmann aus dem Jahr dreiunddreißig zurück. Ach der! Der gehört eigentlich Frau Jacob, aber jetzt fährt immer eine von den Russinnen damit herum. Einen Augenblick weiß sie nicht, ob sie von ihrem Großvater, Frau Jacob oder der Russin erzählen soll, dann springt auch noch der Kater auf die Ladentafel. Ihre Verwirrung nutze ich, um das Geschäft zu verlassen.

Seit unserer ersten Begegnung macht sich der Schülerlotse manchmal einen Spaß daraus, auf mich zu warten, auch wenn schon alle Kinder auf der anderen Seite sind. Schon von Weitem winkt er mir dann in seiner orangenen Weste zu, drängt mich mit wilden Armbewegungen zur Eile, als böte sich nur durch ihn die letzte Chance, die Hauptstraße überhaupt noch zu überqueren. Es kommt mir albern vor, und doch gehe ich auf das Spiel ein, beschleunige meinen Schritt und keuche ein wenig, was ihn jedes Mal amüsiert. Wir reden kaum miteinander, vielleicht gehört auch das zum Spiel, er reißt, sobald ich angekommen bin, die Kelle in die Höhe, lässt seinen Arm dann mit bedeutungsvoller Miene in die Waagerechte schnellen und genießt das Quietschen der Bremsen. Ich vermute bei ihm militärische Vorkenntnisse, doch er scheint sich eher als Dirigent zu fühlen, plötzlich werden seine Bewegungen ganz weich, der Arm beginnt, mir die Richtung weisend, lässig zu schwingen, nur der Blick des Maestros bleibt konzentriert und ernst, fast finster, nur gelegentlich unterbrochen von einem Augenzwinkern, mit dem er mir, seiner ersten Geige, unser konspiratives Verhältnis signalisiert. Auf der anderen Straßenseite kommt der heikle Moment, in dem ich mich rechtzeitig mit einem übertrieben dankbaren Kopfnicken verabschieden muss, noch ehe er zu einer Rede ansetzt, die er zweifellos vorbereitet zu haben scheint. Und obwohl ich ihm noch nie die Gelegenheit zu dieser Rede gegeben habe, ist er mir nicht böse und begrüßt mich jedes Mal mit der gleichen Freundlichkeit. Manchmal beneide ich ihn um seine Aufgabe und vor allem um die Unbekümmertheit, mit der er sie Tag für Tag in Angriff nimmt.

Die tief stehende Morgensonne blendet und lässt mich das Gesicht verziehen. Ein Zuschauer würde hinter dieser Pantomime sicher Schmerz vermuten, aber ich weiß, es ist ein Lächeln. Ein Lächeln, das auch nicht verschwindet, als ich in den Schatten unseres Hauses trete und für Augenblicke blind bin. Sabine und der Hausmeister, wie hatte ich bloß auf so einen absurden Gedanken kommen können? Wie gern ich diesem Latzhosenaffen heute ins Gesicht lächeln würde! Jetzt, da sich alles aufgeklärt hat, werde ich endlich wieder in Ruhe arbeiten können. Zuerst müssen die Zeugnisse von Hildebrandts kurzem Leben vom Schreibtisch, dann werden die Fenster aufgerissen, damit es mal ordentlich durchzieht, und dann ... Frau Röhrlich wird sich für ihre Propaganda einen anderen Lohnschreiber suchen müssen! Obwohl, ist so ein Tag nicht eigentlich viel zu schade, um ihn zwischen verstaubten Bücherwänden auf dem grauen Altar des Schreibtisches zu opfern? Die Vögel überzwitschern den Straßenlärm mühelos, im Gegenlicht schüttelt die Weide ihre Zweigfäden wie goldenes Haar. Ich schiebe die Zeitung in unseren Briefkasten und zünde mir eine Zigarette an. Sabine ist jetzt schon im Büro, ich sollte ein schlechtes Gewissen haben, andererseits lockt die Vorstellung, in weniger als einer halben Stunde Fußmarsch außerhalb der Stadt sein zu können. Sind wir nicht auch deshalb an den Stadtrand gezogen? Sabine war damals Ende dreißig, und obwohl ich immer noch gehofft habe, wir würden eines Tages Kinder haben, konnte ich ihr gegenüber das nicht als Argument ins Feld führen, besonders nach der Pleite mit dem Amselweg, sprach also von der Nähe zur Natur, aber sie wird es geahnt haben, denn ihr Konter war zielsicher geführt und traf gewissermaßen direkt unter die Gürtellinie. Wir würden ja nicht jünger, hat sie gesagt, warum also nicht eine Sackgasse am verschlafenen Stadtrand, ihretwegen auch in der Nähe der Natur. Sabine will keine Kinder, auch gut, denke ich, als ich, Spaziergänger noch, schon fast das Ende der Steinstraße erreicht habe. Tatsächlich sind die kleinen Klingelschilder, auf denen meist nur ein Nachname Platz findet, hier verspielten Keramiktafeln gewichen, auf denen sich mehrere Vornamen drängeln. In den Vorgärten stehen Schaukeln und bunte Plastikrutschen. Der Lärm der Hauptstraße ist verebbt, man kann das Plätschern des Wassers hören, das sich aus einem Gartenschlauch in ein aufblasbares Badebassin ergießt. Ein meditatives Geräusch, das beruhigen könnte, mich aber meine Schritte beschleunigen lässt.

Merkwürdig, wie abrupt die Stadt hier endet. Die Ligusterhecke des letzten Grundstücks steht in ihrem akkuraten Schnitt wie eine Kaimauer, gegen die ein noch grünes Getreidefeld wogt. Die Straße fällt leicht ab, sodass man mit jedem Schritt tatsächlich in diesem Meer zu versinken scheint und, sich nach nur wenigen Metern umblickend, nichts anderes mehr sieht, als diese grüne Kante, die nun an eine alte Wallanlage erinnert. Schon nach der nächsten Hügelkuppe ist auch sie verschwunden, und nur noch die nun hinter den Moränenbögen am Horizont auftauchenden Windräder verhindern das Gefühl, man sei aus der Zeit gefallen. Wenig später aber, nach einem Haufen mit dunklem Moos besamteter Steine seitlich in einen Hohlweg einbiegend, ist auch diese Aussicht vom Geflecht der bloßliegenden Wurzeln versperrt. Die von rötlichen Adern durchzogene Erde der steilen Böschung ist an manchen Stellen wie wundgescheuert. Der Weg wölbt sich in der Mitte zu einer steinigen Kuppe, in den tiefen Fahrrinnen rechts und links steht noch das Regenwasser. Es wäre nicht verwunderlich jetzt einem Pferdefuhrwerk oder einem Ochsenkarren zu begegnen, das Knarren des Holzes zu hören und das Knirschen der eisenbeschlagenen Räder. Ein Weg wie gemacht für einen Vagabunden. Aber braucht es nicht Mut und Fantasie, um ein Vagabund zu sein? Statt eines Karrens kommt mir die Tochter der Russlanddeutschen entgegen. Sie schiebt einen hochbeinigen Kinderwagen, der leise quietscht und dessen zurückgeschlagenes Verdeck einen blauen Wulst bildet, als sei es der Bug eines Schiffs. Sie geht nicht, sie schreitet, der Oberkörper ist aufgerichtet, bildet fast ein Hohlkreuz, während die Füße seltsam nach außen gedreht sind, was ihrem Gang etwas Watschelndes gibt. Eine Tänzerin, denke ich, zumindest eine ehemalige Tänzerin. Die Frau grüßt mich mit einem unbefangenen Lächeln, das in Verlegenheit umschlägt, als sie sich der Eigentümlichkeit ihres Gefährts bewusst wird. Die Arbeit schon beendet?, komme ich ihr zur Hilfe. Arbeit, sagt sie, na ja, wenn man es so nennen will. Sie spricht ein akzentfreies Deutsch, dem nur die Stimme etwas Dunkles verleiht, obwohl ihr Gesicht auch jetzt diese auffallende Blässe hat, die in der Sonne fast grell erscheint, doch wirkt sie nicht kränklich wie sonst, zumal das kurze Haar dem Aussehen der Frau etwas Sportliches gibt. Sie gehe manchmal noch diese Runde, anders sei das nicht auszuhalten, sie müsse raus, sich bewegen, fünf Menschen in einer viel zu kleinen Wohnung... Es klingt fast entschuldigend, und ihre Stimme erinnert mich plötzlich an Katharina. Soll ich sie nach den russischen Büchern in der Mülltonne fragen? Hatte nicht Gorki das Leben der Landstreicher beschrieben? Nun müsse sie aber weiter, ob ich ihr helfen könne. Helfen, ich? Sie zeigt auf die Spurrinnen. Ach so, sage ich, greife nach der Vorderachse – ihre Knie beugen sich beim Bücken keinen Millimeter und nun weiß ich: Sie ist eine Tänzerin – und gemeinsam balancieren wir mit dem Kinderwagen über den schmalen Mittelgrat des

Weges. Leer ist das ja kein Problem, sagt sie und lacht. Nein, sage ich, leer ist es wirklich kein Problem.

Die unerwartete Begegnung hat mir die Lust auf diesen Weg genommen, als er aus der Senke auftaucht und die Böschung sich langsam verliert, gehe ich querfeldein. Erst auf dem freien Feld, ausgesetzt dem scharfen Wind, habe ich das Gefühl wirklich zu gehen. Und doch lässt die Pflicht zur Umkehr mich in einen gehetzten Gang geraten, immer wieder zwinge ich mich, die Schritte zu verlangsamen, einen Rhythmus zu finden, in dem ich mich verlieren kann, bis ich, mich am Feldrand durch ein dichtes Gebüsch schlagend, wieder einen Pfad erreiche und an der nächsten Abzweigung den kürzesten Weg zurück in die Stadt nehme, auf dem auch die ehemalige Ballerina mit ihrem Kinderwagen gekommen sein muss.

Diesmal steht Wehovsky tatsächlich vorm Haus, doch statt ihn mit einem überlegenen Grinsen zu begrüßen, auf das ich mich am Morgen klammheimlich gefreut hatte, fühle ich mich wieder ertappt, sodass nicht einmal ein mildes Lächeln gelingt. Zum Glück ist der Hausmeister beschäftigt und nimmt zunächst keine Notiz von mir. Er zerrt ein sperriges Gerät von der Ladefläche eines Transporters. Ich kann jetzt auf keinen Fall mit ihm reden, doch gerade, als ich mich unbemerkt an ihm vorbeimogeln will, wuchtete er mir den zweirädrigen Apparat vor die Füße. Ah, der Herr Schriftsteller, mal wieder auf Tour, presst er keuchend hervor und richtet sich, eine Faust an den Rücken gepresst, mühsam auf. Sein Gesicht ist schmerzverzerrt. Ah, der Herr Hausmeister, Rückenschmerzen?, frage ich, erfolglos darum bemüht, meine Schadenfreude nach Mitgefühl klingen zu lassen. Über meinen halbherzigen Versuch, doch noch den Schein von Besorgtheit zu wahren, erschrecke ich dann aber selbst ein bisschen: Meine Frau geht zur Rückenschule ins Fitnessstudio, sie behauptet, das hilft. Ich könne ihm mit solchen Ratschlägen den Buckel runterrutschen. Der Mann hat immerhin Humor, denke ich, doch Wehovsky setzt mir eine Pistole auf die Brust. Hochdruckreiniger, 4 kW, 150 bar, prahlte er, da bleibt kein Auge trocken. Dass er das martialisch anmutende Gerät mit der Aufschrift *Doctor Clean* nicht zu Massagezwecken ins Feld führen will, ist klar. Also wofür? Die Sauerei muss weg, auch wenn der Herr Schriftsteller das vermutlich für Kunst hält, sagt er und richtet den Lauf nun mit hausmeisterlicher Entschlossenheit gegen die Graffitis an der Hausfassade unter unserem Fenster, Sabine sagt das übrigens auch. Meine Frau hält das wirklich für Kunst? Nein, er meine …, also sie meine, dass die Schmiererei weg müsse, sie seien sich da vollkommen einig. Das beruhigt mich zwar nicht, aber mit der Ruhe, das ahne ich, wird es in den nächsten Stunden sowieso vorbei sein. Na dann schießen Sie mal los, sage ich, fest entschlossen, die weiße Fahne zu hissen und dem drohenden Kampflärm sofort zu entfliehen. Heute Morgen habe ich noch geglaubt, endlich wieder arbeiten zu können, wollte kurz entschlossen meinen Schreibtisch frei räumen, nun fegt ausgerechnet ein Hochdruckreiniger meine Vorsätze hinweg. Ich merke, wie mich dieser Gedanke erleichtert. Schnell ist der restliche Tag verplant, ich werde am Stehtisch in der Bäckerei eine Kleinigkeit essen, in der Innenstadt einige Einkäufe erledigen und dann bei Karl auf Sabines Dienstschluss warten.

Schon einige Meter vor der Bäckerei, einem in die Jahre gekommenen rotbraunen Klinkerbau, bei dessen Anblick mir immer das Wort altbacken einfällt, scheitert allerdings auch dieser Plan. Im Schaufenster kündet ein riesiges Plakat von einer Neuheit im Sortiment: der *Altdeutschen Bäckerwurst*. Im Gegensatz zu Sabine, die schon immer die Hausmannskost ihrer Mutter bevorzugt, bin ich für kulinarische Experimente offen, doch die *Altdeutsche Bäckerwurst* verwirrt mich. Noch immer in gehöriger Entfernung zur Bäckerei überlege ich, welche der beiden Wortverbindungen für diese Verwirrung verantwortlich sein könne und ob ein Wortspiel Besserung verspräche. Altbackene Deutschwurst? Bäckerdeutsche Altwurst? Nein, es ist keine Verwirrung, es ist schiere Abneigung. Die auf dem Werbeplakat abgebildete Wurst ist riesengroß und nimmt mit ihrem fetttriefenden Glanz die ganze Diagonale des Schaufensters in Anspruch. Ich habe plötzlich keinen Hunger mehr. Während ich schnell an der Bäckerei vorbeigehe, fällt mir eine mögliche Schlagzeile für die morgige Zeitung ein: Ahnungsloser Passant von Altdeutscher Bäckerwurst erschlagen!

In einem kleinen Gemüseladen kaufe ich etwas Obst, das der vietnamesische Händler gerade mit Wasser benetzt hat. Mit einer gelben Pumpflasche geht er in seinem Geschäft herum und besprüht die Auslagen, ich beneide ihn um diese Arbeit, die er mit einem beiläufigen Lächeln verrichtet und die alles mit glitzerndem Tau überzieht. Ein Anblick, der sofort entzaubert ist, als ich daran denke, dass Wehovsky wahrscheinlich gerade mit dem promovierten Hochdruckreiniger gegen unsere Hauswand vorgeht. Dann setze ich mich auf eine Bank in der Nähe des Ladens, um das Obst zu essen. Wie die meisten der in den letzten Jahren aufgestellten Bänke hat auch diese keine Lehne. Das Fehlen der Lehne ist ein untrügliches Zeichen, dass ein längeres Verweilen unerwünscht und der Müßiggang abgeschafft ist. Irgendwann, denke ich, werden städtische Angestellte durch die Straßen ziehen, die Bänke mit Wasser bespritzen und ihre Nutzung so unmöglich machen, oder sie werden mit Hochdruckreinigern die Faulenzer von den Sitzflächen fegen. Vielleicht sollte ich Sabine heute Abend auf dieses neue Betätigungsfeld für ihre Klienten hinweisen. In der durchsichtigen Plastiktüte sieht das feuchte Obst plötzlich verändert aus. Die Folie scheint an den Schalen zu kleben, etwas angewidert ziehe ich die triefenden Früchte aus der Tüte, die in sich zusammenfällt und nun einem benutzten Kondom ähnelt. Der Händler ist inzwischen vor den Laden getreten, um seine Arbeit auch bei den dort aufgestellten Steigen und Kisten fortzusetzen. Er sieht zu mir herüber und lächelt noch immer, während sich der Nebel langsam auf die Früchte legt. Da fällt mir ein, dass die Blumen, die neben einigen Räucherstäbchen und einem Teller mit

Münzen zu einem kleinen Schrein arrangiert in der Ecke des Ladens standen, verwelkt waren. Trotz der fehlenden Lehne bleibe ich, ganz gegen meine Gewohnheit, noch etwas auf der Bank sitzen, es ist eine Art Ungehorsam, erst nach einer halben Stunde beende ich diese kleine Rebellion gegen die mich umgebende Hektik der Innenstadt und mache mich auf den Weg zu Karl.

Die Klosterstube öffnet erst am Abend ihre Pforte, aber ich habe mir mittlerweile einen Status erarbeitet, der es ermöglicht, auch schon am Nachmittag zu einer Privataudienz vorgelassen zu werden. Vorausgesetzt Karl ist da, aber Karl ist eigentlich immer da. Er hat sich zwar vor ein paar Monaten eine Wohnung am anderen Ende der Stadt gesucht, weil er, wie er meinte, nicht mehr länger mit seiner Kneipe verheiratet sein wolle, doch nun übernachtet er wegen der großen Entfernung oft gleich auf einem Feldbett im Büro. In der leeren Gaststube herrscht eine unwiderstehliche Tristesse, es ist überraschend kühl und still, Johnny Cash hat seinen Dienst noch nicht angetreten, nur die Scharniere der Saloontür quietschen leise. Mich fröstelt, aber das liegt möglicherweise am Hunger. Es riecht nach kaltem Zigarettenrauch und auch ein wenig muffig, vielleicht von John Wayne, der jetzt, da die Stühle noch hochgestellt sind, freien Auslauf hätte. Tatsächlich ist seine Decke verwaist, der Hund aber liegt unter einem Barhocker und döst. Selbst im Schlaf hat sein Gesicht einen missmutigen Ausdruck. Karl sitzt neben dem zerwühlten Bett am Schreibtisch, er ist froh, dass jemand ihn stört.

Na, wo brennt's denn?, fragt Karl. Bis jetzt noch nirgendwo, sage ich, schiebe meinen Fuß unter John Waynes Wampe und heble das Tier zur Seite. Der Hund schielt zu mir herauf, lässt ein asthmatisches Röcheln hören und weiß nicht, wie ihm geschieht, aber Karl hat sofort verstanden und angelt eine Flasche Feuerwasser aus dem Apothekenschrank. Während er mit beinahe sakralen Bewegungen die Gläser füllt, beginne ich die an mir begangenen Sünden zu beichten. Mit Goethe durch Italien? Na dann Prost! Karl braucht nicht viele Worte, um sein Mitgefühl auszudrücken. Ich habe nichts gegen Goethe, beteuere ich, gegen Italien schon gar nichts, es sind nur die Umstände. Es sind immer die Umstände, sagt Karl und pflückt eine Klette, die beim Durchqueren des Gebüschs an der Jacke hängen geblieben sein muss, von meiner Schulter. Mein leerer Magen ist ein Umstand, der die schnelle Wirkung des Whiskys befördert. Allmählich wird mir wärmer. In meinem Kopf kämpft Johnny Walker gegen Johnny Cash. Und, fährst du mit? Sabine hat schon gebucht, sage ich. Das habe er nicht gefragt, beharrt Karl. Der Mann hat gut reden, ich sage ihm, dass mich die Sache schon interessiere, dass es sich nur um eine ganz kleine Gruppe handle und die Leute sicher ganz nett seien, ich erzähle ihm von Frau Röhrlich, auf deren Aufträge ich angewiesen sei, und von Frau Wohlgemuth, ich brauche solche Kontakte, außerdem könne ich Studien treiben, so eine Gruppenreise sei schließlich eine besondere Situation, es könnte spannend werden, irgendwann würden die Leute aus ihren

Rollen fallen. Die Geschichten, sage ich, liegen auf der Straße. Karl winkt ab, als habe er mich aufgegeben. Er reise immer allein, etwas anderes könne er sich nicht vorstellen. Karl kratzt sich am Arm, es sieht aus, als kraule er dem Mustang das Fell. Gleich, denke ich, wird er mir von der Route 66 vorschwärmen und von Freiheit faseln, aber Karl schweigt. Und während wir schweigend trinken, fällt mir ein, dass Goethes Reise nach Italien nichts anderes als eine Flucht war. Eine Flucht aus der Enge Weimars und aus einer Liebe ohne Hoffnung. Vielleicht, sage ich nach einer Weile, werde aber auch ich die anderen überraschen und aus meiner Rolle fallen. Der Gedanke begeistert mich, doch bevor ich ihn weiterdenken kann, fragt Karl, der zwischendurch einmal kurz im Büro verschwunden ist, um zu telefonieren, ob ich nicht mit John Wayne eine kleine Runde gehen wolle, er habe nämlich noch eine Menge Papierkram zu erledigen. Nein, sage ich ziemlich schroff, ich werde mit John Wayne nirgendwohin gehen, schon gar nicht werde ich eine kleine Runde gehen, wenn ich gehe, dann gehe ich für immer. Schon gut, sagt Karl beschwichtigend und schenkt mir nach: Aber erstmal trinken wir noch einen!

Es blieb nicht bei dem einen. Weil ich befürchtete, Karl könne meinen emotionalen Ausbruch auf sich und die Klosterstube bezogen und also missverstanden haben, blieb ich noch sitzen, bis die ersten Gäste kamen, weshalb ich in gehobene Stimmung geriet, Sabines Feierabend aber verpasste. Jetzt auf dem Heimweg durch die am Frühabend schon wie ausgestorben wirkenden Vorstadtstraßen will mir scheinen, dass die Idee, von der ich an Karls Tresen eben noch fasziniert war und die ich in dem Augenblick für einzigartig hielt, nur eine Wiederholung einer alten, seit Generationen gedachten und bereits ausgeführten Idee sein könnte. Immer wieder hatten sich Menschen auf die Flucht vor den Umständen begeben. Hildebrandt zum Beispiel. Der Name hat sich inzwischen festgehakt wie eine Klette. Geht er nicht gerade jetzt dort drüben auf dem gegenüberliegenden Fußweg? Der Mann schleppt zwei bunte Plastikbeutel und hat einen Rucksack geschultert. Sein Alter ist schwer zu schätzen, wahrscheinlich ist er nicht viel älter als ich. Die dunkle Jacke hat an der Achsel einen Riss, etwas Helles, Wattiges quillt heraus und lässt mich an den aufgeschlitzten Teddybären aus der Mülltonne denken. Auch der Gang des Mannes wirkt tapsig und unsicher, als gehe er über schlammigen Grund, er schwankt leicht und hält doch mühelos mein Tempo. Als ich einen Moment stehen bleibe, verharrt auch er. Oder ist es nur mein Schatten? Doch dann ist er es, der zuerst weitergeht, und ich, getrennt nur durch die Breite der Fahrbahn, folge ihm. Vor der Sparkasse bleibt er wieder kurz stehen, sieht sich nach allen Seiten um, dann geht er hinein. Der Vorraum der Kassenhalle ist hell erleuchtet, der Mann steht jetzt wie in einem Schaufenster ausgestellt und wirkt in diesem künstlichen Licht wie in einem Aquarium. Er stellt seine Beutel ab, nimmt den Rucksack vom Rücken und verstaut alles mit Sorgfalt in einer engen Nische hinter dem Auszugsdrucker. Dann zieht er eine karierte Decke aus seinem Gepäck und breitet sie vor der Heizung auf dem Fußboden aus. Seine Bewegungen sind bedächtig, fast aufreizend langsam, als bewege er sich tatsächlich unter Wasser. Mehrfach geht er um die ausgebreitete Decke herum und zupft immer wieder an deren Ecken, dabei, wie mir scheint, unaufhörlich murmelnd. Endlich hat das dürftige Lager die gewünschte Beschaffenheit und der Mann legt sich auf die Decke. Schon im Liegen greift er noch einmal nach einem der Beutel, den er mehrfach beklopft und sich dann unter den Kopf schiebt. Das alles geht mit einer merkwürdigen Umsichtigkeit vonstatten und hat in seiner Gelassenheit etwas Selbstverständliches, und auch mir scheint es vollkommen normal, dass der Mann sich im Vorraum der Sparkasse auf einer sorgsam vorbereiteten karierten Decke zu Ruhe begibt. Es mag gegen sieben Uhr sein, auf keinen Fall später, und nur dieser frühe Zeitpunkt gibt der Situation in meinen Augen etwas Ungehöriges, beinahe Skandalöses.

Da bin ich, es ist auch noch gar nicht spät, rufe ich Sabine schon von der Wohnungstür aus zu und merke sofort, wie infantil das klingt. Sie habe mit dem Essen auf mich gewartet, ich müsse ja einen Riesenhunger haben, sagt Sabine und ist kein bisschen verärgert, nicht einmal verwundert. Beim Versuch meine Jacke aufzuhängen, verfehle ich den Garderobenhaken, die Jacke rutscht zu Boden. Sabine nimmt sie und hängt sie wortlos auf, vermeidet es aber, mich dabei anzusehen. Schön, sage ich und streiche über den Ärmel der Bluse, die ich ihr vor ein paar Wochen zum Geburtstag geschenkt habe. Sabines Kopf weicht meinem Atem aus. Eigentlich hat sie sich die Bluse selbst gekauft, aber wir hatten vereinbart, dass es mein Geburtstagsgeschenk für sie sein sollte. Ich erkläre ihr, was Wehovsky wegen ein paar harmlosen Schmierereien an der Hauswand mit seinem Hochdruckreiniger für einen Krach gemacht hat und dass an Arbeiten nicht zu denken gewesen ist, da dachte ich … Sie wisse Bescheid, fällt Sabine mir ins Wort, Karl habe sie doch angerufen. Karl hat was? Ich bin fassungslos. Was hast du denn, es ist doch nett von ihm, sagt Sabine, während sie den Tisch deckt, aber du hättest wenigstens ein bisschen Obst mitbringen können. Dann öffnet sie eine Flasche Wein und fragt mich, ob ich in meinem Zustand nicht vielleicht lieber Wasser möchte. Mein Zustand ist den Umständen geschuldet, denke ich und frage Sabine, was Karl denn über meinen Zustand gesagt habe. Nichts, sagt Sabine, für einen Suffkopp wie Karl ist deine Verfassung doch sicher normal. Karl ist schon fast ein Freund, ich will nicht, dass sie so über ihn redet, und doch fällt es mir im Moment schwer, ihn zu verteidigen. Da schwärmt mir dieser Kerl etwas von Freiheit und der Route 66 vor und meint Sabine hinter meinem Rücken meine kurze Verspätung erklären zu müssen! Ich muss mal, sage ich, weil ich glaube, mich allein und auf der Toilette besser über den Denunzianten ärgern zu können. Das Gesicht im Spiegel sieht müde aus. Nur noch ausruhen, denke ich, nichts mehr sagen müssen, nicht mehr zuhören, doch beim Anblick der beiden Parfümflakons auf der Konsole muss ich plötzlich lachen und betätige schnell die Spülung.

Karl will mit mir nach Amerika, höre ich mich sagen, als wir gemeinsam am Tisch sitzen. Sabine schenkt sich Wein nach. Die Flasche stößt gegen den Glasrand, es klingt wie der Auftaktgong zu einem Boxkampf. Sabine bleibt in Deckung und lässt mich reden. Er hat Sehnsucht, sage ich, man kann das ja auch verstehen, erst die Weite der Prärie, der Wilde Westen, sage ich, und dann die Klosterstube, Karl aber braucht seine Freiheit. Amerika, sage ich noch einmal, er will mich dabeihaben. Was hältst du davon? Karl braucht eine Frau, sagt Sabine resolut und lässt meine Reisepläne unerwähnt. Und als sei der Kampf damit entschieden, wechselt sie das Thema. Was denn das für ein komisches Bild sei, das da neuerdings in meinem Arbeitszimmer hängt? Sabine kann wirklich entwaffnend sein. Das komische Bild, wie sie es nennt, habe ich vor zwei Tagen aus einer alten Illustrierten ausgeschnitten und an mein Bücherregal gepinnt. Zuerst wollte ich es einrahmen, doch das schien mir übertrieben und dem Bild unangemessen. Zugegeben, es ist wirklich etwas komisch und zeigt einen Vagabunden. Er trägt eine schwarze, eher dunkelgraue Kluft, eine Art Arbeitsanzug mit geräumigen Taschen, und einen Hut, der aussieht wie ein umgestülpter Blumentopf. Barfuß, die hohen Stiefel hängen zusammengeschnürt über einem Stock, den er geschultert hat, läuft er an einem Feldrain entlang. Sein einziges Gepäck ist ein verschnürtes Bündel, das er vor dem Bauch trägt, eine

Decke vielleicht, genau ist das nicht zu erkennen. Es ist keine besonders gute Fotografie, die Farbe des Gesichts unterscheidet sich kaum von der der Jacke und des Hutes, im Profil sieht man lediglich seine auffallend spitze Nase, und nur die leicht nach vorn geneigte Haltung des Kopfes verrät, dass er den Blick starr auf den Weg gerichtet hat. Zwischen den Lippen steckt ein Grashalm. Oder ist es eine Blume? Eine Meerschaumpfeife? Ein Bild eben, sage ich zu Sabine, vielleicht eine Figur für eine kleine Erzählung, aber das sei noch zu vage, um darüber zu reden. Mir ist das Bild unangenehm, sagt Sabine, es macht mir sogar ein bisschen Angst. Angst? Es ist nur ein Bild, sage ich, und es soll ja auch nicht für ewig dort hängen, außerdem ist es ein harmloses Bild, ein einfacher Wanderer, nur etwas altertümlich. Das ist kein Wanderer, beharrt Sabine, eher ein Landstreicher, mir kommt er jedenfalls unheimlich vor, und dabei sieht sie mich an, als sei ich es, der ihr unheimlich erscheint. Ich bin müde, sage ich, um der Situation zu entkommen. Dann geh doch ins Bett, sagt Sabine barsch, lächelnd zwar, aber jetzt mit einem unüberhörbaren Anflug von Grobheit in der Stimme. Als ich im Bett liege, muss ich an den Mann denken, der sich im Vorraum der Sparkasse sein karges Lager bereitet hat. Er liegt auf dem Grund eines Aquariums.

10

Immer wieder der Amselweg. Immer wieder das Einverständnis mit der vertrauten Umgebung, die dann gerade in den Momenten der Gewissheit neue Geheimnisse offenbart. Manchmal das Staunen über altbekannte Dinge oder die Sprachfetzen der Passanten. Sabine hat recht, die Geschichten liegen auf der Straße, irgendwann werde ich darüber schreiben, über die Bäume, die Häuser, den Himmel, über das Gehen. Immer wieder das Gehen. Je öfter ich den Weg gehe, desto befreiter fühle ich mich. Der gleichmäßige Rhythmus der Schritte, der die Gedanken beruhigt. Der feste Boden unter den Füßen … Ich habe plötzlich Lust, mir die Schuhe auszuziehen. Ich werde sie zusammenbinden, über die Schulter hängen und barfuß über die kalten Steinplatten des Fußwegs gehen. Die kalten Steinplatten lassen mich an Hildebrandt denken, es muss ja nicht gleich eine Lungenentzündung sein, eine wohldosiert inszenierte Erkältung würde genügen, und ich müsste nicht auf Goethes Spuren durch Italien reisen. Doch als ich mich nach vorn beuge, sehe ich wieder die Frau auf der Terrasse stehen. Du kannst dir jetzt nicht die Schuhe ausziehen, denke ich und löse die Verschnürung, um sie gleich darauf umso fester zu binden. Die Frau, die wieder zum Rauchen auf die Terrasse getreten ist, sieht zu mir herüber, und plötzlich huscht ein Lächeln über ihr Gesicht, als habe sie meine Verlegenheitsgeste bemerkt. Merkwürdigerweise erscheint mir ihr Lächeln in diesem Moment selbstverständlich, sodass ich stehen bleibe und ihr nun beim Rauchen zusehe. Erst als ich sie mit einem freundlichen Nicken grüße und sie, obwohl sie mich noch immer ansieht, meinen Gruß nicht erwidert, entsteht ein Augenblick der Verwirrung. Und wieder erinnert sie mich nun an Katharina, die mir in den letzten Wochen unserer Beziehung mit eben diesem aufreizenden Gleichmut begegnet war. Selbst wenn wir miteinander schliefen, ließ sie das nur zu, ohne selbst die geringste Regung zu zeigen, als sei da kein Unterschied mehr zwischen meinen Zärtlichkeiten und den Schlägen ihres Mannes, des Maurers. Es war eine Hingabe als Verweigerung, die mich ins Leere laufen ließ und vollkommen entwaffnete, und diese Scham und diese Hilflosigkeit haben sich eingebrannt, nur sie sind es, die mich immer noch an Katharina denken lassen. Sie hat gemauert, denke ich, und dieser Kalauer hilft mir, mich aus der momentanen Verwirrung zu befreien. Die Frau ist unbemerkt von der Terrasse verschwunden, der Anblick der leeren Terrasse hat etwas seltsam Trostloses, ein Eindruck, den die auch jetzt wieder aus der geöffneten Tür wehende Gardine noch verstärkt. Im Haus ist es diesmal still, aber die Spatzen haben offenbar Junge, man sieht sie nicht, hört nur ihre klagenden, fordernden Schreie unter der Traufe. Es ist diese verwaiste Terrasse und die sich blähende Gardine, über die ich schreiben müsste, es sind diese klagenden Schreie der jungen Spatzen. Am Fenster sehe ich noch einmal den Schatten der Frau, die mich noch immer zu beobachten scheint. In diesem Moment bin ich ihr dankbar, dass sie meinen Gruß nicht erwidert hat, weil wir uns sonst von nun ab immer grüßen müssten wie alte Bekannte.

Ich weiß nicht, wie lange ich so gestanden habe, nur allmählich gelingt es mir, mich wieder auf meine Schritte zu konzentrieren, wobei es mir hilft, ein Stück auf der Bordsteinkante zu balancieren.

An der nächsten Kreuzung sind zwei Arbeiter damit beschäftigt, die dicke Schicht alter Plakate von einer Litfaßsäule zu brechen, als schälten sie den Stamm einer mächtigen Korkeiche. Diesmal gehe ich nicht bis zur Nachtbar, sondern nehme jene Straße, auf der man die Stadt in Richtung Westen verlässt. Jedenfalls gelangte man bis vor wenigen Monaten so noch ins Freie, ein kleiner Gehölzstreifen säumte die Straße und schützte einen schmalen Pfad, der sich an den Rainen der Wiesen und Felder entlangzog. Inzwischen sind die Vorstädte fast zusammengewachsen, Tankstellen bilden den Kitt, und nur die zwischen Werbetafeln aufgestellten Schilder am Straßenrand markieren den Übergang. An der Ausfallstraße ist bis vor einigen Wochen gebaut worden, doch dann waren die Aktivitäten plötzlich zum Erliegen gekommen, nur die Warnbaken blinken noch immer. Hinter den Absperrgittern ragen aus den Fundamenten die Enden rostiger Armierungen wie die Reste einer verdorrten Vegetation. Dazwischen verlassene Wohncontainer, Kabeltrommeln, Stapel von Verschalungswänden und Berge aufgeworfener Erde, in die der Regen tiefe Rinnen gespült hat. Ich gehe jetzt schneller, bis zu der Stelle, wo auf einer riesigen, von

Maschendraht umspannten Betonfläche die Lagerhalle einer stillgelegten Metallfabrik steht, in der einige Altwarenhändler eine Art Basar eingerichtet haben. In Wirklichkeit ist die *Antikscheune* genannte Halle eher eine von Wellblech überdachte Halde, deren Angebot sich aus den Müllplätzen und Altstoffcontainern der Umgebung, aus den Kellern und Dachböden verlassener Häuser zu speisen scheint. Die Herrscher über dieses Schlaraffenland für Messies thronen in der ehemaligen Pförtnerloge, einem geräumigen Glaskasten, der zugleich als Exquisitabeilung dieses wundersamen Plunderreiches dient. Von alten Pornokassetten über Gartenzwerge bis zu den Devotionalien mehrerer untergegangener Armeen findet sich hier alles ausgestellt, was den Zerberussen des Gerümpels als besonders gewinnbringend erscheint. An den Wänden hängen unzählige Bilder, die meisten zeigen Alpenansichten, einsame Berghütten, Seen vor einem Bergpanorama, immer wieder das Matterhorn, in allen Wohnzimmern der Stadt müssen einmal solche Alpenbilder gehangen haben.

Mit einem Stock streife ich über den Maschendrahtzaun und bringe ihn zum Klingen, worauf sich ein Schwarm Spatzen, den ich vorher nicht wahrgenommen habe, kreischend von einem Erdhaufen erhebt und knapp über meinem Kopf davonfliegt, während ich das Grundstück betrete. Die ganze Halle ist von einem eigenartigen Geruch erfüllt, der sich aus Mottenpulver und Moder zusammensetzt und besonders stark wird, wenn man sich jenem Areal nähert, auf dem die Bücher ihre vorletzte Ruhestätte gefunden haben. In Dutzenden Bananenkisten, an faulendes Obst erinnernd, müffeln sie vor sich hin, achtlos abgekipptes Schüttgut, dessen Preis sich nach Gewicht bemisst. Die Bücher sind der Grund, weshalb ich die Trödelhalle manchmal besuche, wobei mir jeder Kauf wie eine Rettungsaktion erscheint. Ich habe ein großes Herz, doch über die Reihen der offenen Pappsärge gebeugt, muss jede Barmherzigkeit an Grenzen stoßen. Manche Bücher sind in beklagenswertem Zustand, Sabine, denke ich, würde sich hier ihre Gummihandschuhe überziehen, die sie gewöhnlich bei der Hausarbeit trägt. Mit spitzen Fingern blättere ich mich durch den Kanon der Literaturgeschichte, ein gleichgültiges Schulterzucken, auch der alte Goethe entgleitet meiner rettenden Hand, heute sogar mit einer gewissen Schadenfreude. Der Name Hildebrandt kommt mir nicht unter, und so vollbringe ich die gute Tat schließlich an zwei jung gefallenen Expressionisten, deren Bücher ich aus dem Altpapier exhumiere. Auf der Klappe sehen sie mit ihren Konfirmandengesichtern aus wie Kindersoldaten, womöglich hätten es Teile ihrer Uniform in die Exquisitabteilung der Altwarenabteilung geschafft, während ihre Bücher in der hintersten Ecke verramscht werden. Die rote Nadel der Waage pendelt sich bei 900 Gramm ein. Darf's vielleicht etwas mehr sein?, fragt ein aus entzündeten Augen grimmig dreinblickender Tarnjackenträger aus der Pförtnerloge und packt, noch bevor ich antworten kann, eine Handvoll stockfleckiges Papier in die Waagschale, sodass der

Zeiger zittert und der Vorteil sich endgültig auf meine Seite neigt. Da sich mein Gefühl als Retter der Entehrten ohnehin nicht in Cent und Gramm bemessen lässt, kippe ich in die beringte Pranke noch etwas Trinkgeld, an dessen zweckdienlicher Verwendung sicher kein Zweifel besteht.

Erst zu Hause am Schreibtisch sichte ich das Material, das durch die gönnerhafte Geste des Altwarenhändlers in meinen Besitz gekommen ist. Darunter befindet sich eine Broschüre, die sich laut Stempel und Inventarnummer einmal im Bestand der *K. S. Strafanstalt für Jugendliche zu Sachsenburg* befunden hat, dann von der *Beamtenbücherei der Landesanstalt Colditz* übernommen wurde, und deren Titel mich in Erstaunen versetzt und meinen Glauben an bloße Zufälle erschüttert: *Die Vagabunden-Noth. Vortrag gehalten auf der Jahres-Conferenz des Vereins der Inneren Mission am 30. April 1879 von Gustav Schlosser.* Sofort ist der eigentliche Kauf vergessen, und ich blättere in den dünnen vergilbten Seiten. Zunächst beschreibt Gustav Schlosser, was seit einigen Tagen auf dem Bild an meinem Bücherregal zum Ärger von Sabine zu sehen ist, obwohl das Bild ein halbes Jahrhundert später entstanden sein muss. Gustav Schlosser erklärt der Inneren Mission den Vagabunden an sich, der *im schmutzigen, zerrissenen Rock von unbestimmbarer erdbrauner oder erdfahler Farbe, oft ohne jedes, jedenfalls aber stets ohne die leiseste Spur von einem auch nur annähernd reinen Hemd, in fragmentarischen Hosen, mit schmutzigen, an der Spitze oder an der Sohle klaffenden Schuhen, aus denen strumpflose Zehen herausschauen* über die Landstraßen zieht. *Allmählich kommt bei dem älteren Vagabunden zu dem geschilderten Costume auch das bärtige, finstere, wetterharte Gesicht … Arbeitsscheu, Abstumpfung, Verdumpfung und Verstumpfung ist das Innere des Vagabunden.* Wobei Gustav Schlosser durchaus zu unterscheiden weiß, denkt er doch dabei nicht *an das sogenannte geistige Proletariat der sogenannten Literaten, die Lohnschreiber und Faiseur's der fabrikmäßig geschaffenen, im Dienste des Mammons arbeitenden Presse.* Er denkt an *Ziehharmonikaspieler, Fliegenwedelhändlerinnen und Tanzmamsells* oder an jene, deren Sommergeschäft das *Schneeschaufeln* ist, *auf das sogar einmal einer im Orient gereist ist.* Vielleicht könnte Sabine hier einige Erfahrungen beisteuern und würde Gustav Schlosser zustimmen, dass *die Vagabundage eine Ausdehnung des Blauenmontags auf sechs weitere Tage der Woche ist.* Oder Wehovsky, würde er den Vorschlägen des Inneren Missionars beipflichten, der *Arbeitshäuser mit Prügelstrafe* und *Deportation in Verbrecherkolonien* empfiehlt? Denn *selbst diese Granitmassen verbrecherischer Bevölkerungstheile können soweit verwittern, daß sie fruchtbarer Boden werden.* Als bei Gustav Schlosser angesichts der ihn umgebenden Zustände *die Hoffnung die Flügel* sinken lässt und er einen *hohen Flug auf den Flügeln des Gebetes* startet, lasse ich seinen Vortrag sinken und erkläre den Rest des Tages zum Blauen Montag.

Auf den Flügeln des was?, stöhnt Frau Hartmann. Sie wuchtet gerade einen Packen Zeitungen auf den Tisch und wundert sich, mich zu so später Stunde zu sehen. Auf den Flügeln des Gebets, wiederhole ich. Und deshalb kommst du extra her? Nee, mit Gebeten hat der Wilhelm nichts am Hut gehabt, ganz im Gegenteil. Was denn das Gegenteil sei, will ich wissen. Sie fährt mit einem Messer unter das Plastikband und zieht es mit einem Ruck nach oben. Das Reißen des Bandes klingt wie ein Schuss. Gotteslästerung! Deshalb ist er wohl von der Schule geflogen, sagt Frau Hartmann, Gotteslästerung und Beleidigung der Obrigkeit. Für eine Schülerzeitung hat er geschrieben, muss ziemlich radikal gewesen sein, jedenfalls in den Augen der Pauker, die ihre Lektion auch schon früh gelernt hatten: Pardon wird nicht gegeben! Und sein Vater?, frage ich, während ich ihr helfe, die anderen Packen hinter den Ladentisch zu räumen. Sein Vater? Der konnte ihm auch nicht mehr helfen, der lag doch schon seit Jahren unter der Erde irgendwo bei Verdun, gefallen für Gott und Vaterland. Für den Jungen gab es danach weder Gott noch Vaterland und nach der Relegation nur die Weite der Landstraßen. Sie starrt ihre Hände an, die jetzt ruhig auf dem Papier liegen, kraftlos hingestreckt wie erlegte Tiere. Und ich weiß nicht, ob sie noch immer an ihren Großvater denkt, als sie ganz leise fragt: An was soll man da noch glauben? Darauf habe ich nur ein Schulterzucken, worauf ein Glöckchen läutet und ich mich instinktiv zur Tür umdrehe. Sollte Wehovsky heute das große Los …? Die

Ladentür bleibt geschlossen, aber jetzt steht der Kater auf dem Tisch und reibt sein Fell an Frau Hartmanns Arm, als wolle er sie trösten. Leise klimpert die Schelle an seinem Halsband. Reine Vorsichtsmaßnahme, erklärt Frau Hartmann, gestern hat mir der Gute mal wieder einen toten Spatzen vor die Füße gelegt. Der Gute scheint darauf noch immer stolz zu sein und schnurrt zufrieden. Bei seiner Besitzerin ist das verschmitzte Lächeln für Sekunden zurückgekehrt, auch wenn es diesmal nicht mir gilt, sondern dem Kater, der indes schon wieder bimmelnd vom Tisch gesprungen ist und nun hinter dem Vorhang verschwindet. Auch als ich mich verabschiede, ist Frau Hartmann mit ihren Gedanken noch weit weg, nur flüchtig nickt sie mir zu, und ich bin zunächst nicht sicher, ob sie mein Gehen wirklich bemerkt. Erst als ich schon fast aus der Tür bin, ruft sie mir nach: Wolltest du nicht verreisen?

Wieder am Schreibtisch, muss ich an die frisch gereinigte Fassade denken, was meine Stimmung nicht wirklich hebt. Einige der Zeichen und Parolen sind noch zu erkennen, schwach nur, wie durch Wind und Wetter mit den Jahren verblasst, ähnlich den alten Inschriften der Läden und Werkstätten oder dem weißen Pfeil, der an einem alten Haus am Klosterplatz noch immer trotzig den Weg in den Luftschutzkeller weist, doch ich weiß es besser, und es gelingt mir nicht mehr, Wehovskys Säuberungsaktion von Gustav Schlossers Vortrag zu lösen. Es sind die längst ausradierten Zinken der Vagabunden, die jetzt auf dem wundgescheuerten Putz unseres biederen Vorstadthauses wieder sichtbar sind. Eine seltsame Unruhe befällt mich, doch ich habe keine Lust mehr in den Amselweg zu gehen, nie mehr, sage ich mir, werde ich in den Amselweg ohne den Gedanken gehen können, dass die Häuser dort kleine Festungen des gesunden Volksempfindens sind und der fruchtbare Boden der Vorgärten aus den verwitterten Granitmassen angeblich verbrecherischer Bevölkerungsteile besteht.

Also gehe ich am nächsten Tag Richtung Westen, wo die Stadt mit einer neuen Siedlung inzwischen die ehemalige Deponie erreicht hat. Wie langsam steigendes Wasser umflutet die Bebauung den Hügel, der hier nach der Schließung der Müllkippe entstanden ist, um dann in einer Kleingartensparte zu veröden. Noch immer ist die einstige Anfahrtsrampe zu erkennen, die sich in einem weiten Bogen auf die Anhöhe windet, ein Schotterweg, an dessen Rändern zwischen Plastiktüten und zerbrochenen Bierflaschen das Unkraut kniehoch wuchert. Manchmal ist mir die stillgelegte Deponie wie ein Geschwür erschienen, eine eitrige Blase, unter deren dünner Haut es weiter gärt. Nach wenigen Schritten sind die Schuhe staubig, und das an unzähligen Stellen von der langsam zurücksinkenden Stadt reflektierte Licht der Sonne blitzt auf und blendet die Augen. Die Stadt scheint mit Scherben und Splittern übersät, der Horizont verschwimmt im Mittagsdunst, darüber ausgefranste Wolken, wesenlos wie schwebende Schleier oder Spinnfäden im Altweibersommer. Die fernen Geräusche vereinigen sich zu einem einzigen Ton, der manchmal kurz anschwillt, nur vereinzelt bricht ein Martinshorn oder das Läuten einer Kirchenglocke in das dumpfe Dröhnen, das, je höher ich steige, immer mehr vom Keuchen des eigenen Atems übertönt wird. Die Anstrengung des Aufstiegs nährt die Illusion, der Stadt entkommen zu können, die bald, obwohl das nun erreichte, von einem Greifvogel lautlos übersegelte Plateau an eine verbotene Zone gemahnt und das Niveau der Dächer nur um wenige Meter überragt, ihre Silhouette verloren hat und sich breiig und bleigrau flimmernd und wie menschenleer zu Füßen des Steigenden ausbreitet. Weder der Amselweg noch der Klosterplatz sind zu erkennen, selbst die Anhöhe, auf der unser Haus steht, scheint eingeebnet, nur Sabines Bürohaus protzt mit seiner klobigen Hässlichkeit. Ob sie mich sehen könnte? Vielleicht mit einem Fernglas. Warum bin ich mit Sabine noch nie hier gewesen?

11

Heute scheint die Sonne schon am Morgen in unser Schlafzimmer. Es gibt nur wenige Tage im Jahr, da sie sich zu dieser Zeit für eine Weile in einer Lücke zwischen den gegenüberliegenden Häusern zeigt und ihre Strahlen unser Erdgeschoss für wenige Minuten erreichen. Vor zwei Jahren passierte es das erste Mal, es war an einem Sonntag, Sabine hatte frei, und zunächst waren wir von der ungewohnten Helligkeit wach geworden, ich war ans Fenster getreten, hatte die Vorhänge aufgerissen und war geblendet, jetzt, da ich daran denke, sehe ich die Bilder aus Hildebrandts Zeit vor mir, deren Pathos ich stets belächelt habe. Ich hatte nackt am Fenster gestanden wie von Fidus gemalt, und Sabine hatte geblinzelt und etwas gesagt, das ich nicht verstand und dessen sie sich sofort schämte, weshalb sie es auf keinen Fall hatte wiederholen wollen. Wir hatten an diesem Morgen miteinander geschlafen und waren dabei wach wie selten. Eine lange vermisste, verliebte Begierde hatte sich ihrer bemächtigt, und als sie neben mir lag, noch immer zur Hälfte von der Sonne beschienen, war sie so schön, dass ich ihr das auch sagen musste. Wir hatten uns damals vorgenommen, zukünftig auf dieses Zeichen des Himmels zu achten, jetzt hantiert Sabine in der Küche, trotzdem bleibe ich etwas länger als gewöhnlich im Bett liegen. Mit geschlossenen Augen sehe ich, es ist ein goldener Morgen voller tanzender, bunter Kreise. Ich bin sicher, es wird ein zauberhafter Tag werden.

An diesem Morgen ist der Laden von Frau Hartmann geschlossen. Der Zettel, der mit Klebeband an der Innenseite der Tür befestigt ist, spricht in ungelenker Handschrift von Krankheit und von unbestimmter Zeit. Bis auf Weiteres! Aber ich weiß sofort, dass es für immer ist. Der dritte Ehemann würde sie also überleben, und ich frage mich, was dann aus ihrer Perücke wird. Auf dem Fensterbrett steht noch die rostige Konservendose mit Frau Hartmanns Kippen. Am Himmel kreuzt der Trauerzug der Krähen einen weißen Kondensstreifen. Während ich mir eine Zigarette anzünde, als sei ich Frau Hartmann das schuldig, kommt die junge Russlanddeutsche mit ihrem Kinderwagen. Inzwischen weiß ich, dass sie Irina heißt, was mich, als ich den Namen erfuhr, wider besseren Wissens sofort an geflochtene Zöpfe denken ließ und an riesige bonbonfarbene Haarschleifen, wie sie die sowjetischen Pionierinnen in den Kinderbüchern trugen. Ihren Namen? Wozu denn das, solche bleiben doch eh nicht lange, hatte Wehovsky vor ein paar Tagen meiner Frage beschieden, worauf ich nur langsam den Kopf gehoben hatte, eine Geste der Drohung, von der allerdings nur ich wusste. Frau Hartmann war inzwischen im Bilde und hatte mir nur zu gern Auskunft gegeben: Jajadieirina, seufzte sie gedankenschwer. Katharina?, fragte ich ungläubig und erhielt als Antwort ein schelmisches Lächeln: Nett, die Kleine, nicht wahr? Im Nachhinein kommt mir ihr Lächeln gequält vor. Nein, nicht im Nachhinein, das ist nur eine Ausrede, schon vor ein paar Tagen war es mir vorgekommen, als sei dieses Lächeln nur noch eine konservierte Grimasse, eine Erinnerung, die mit der Realität nichts mehr zu tun hat, ihr Gesicht war schmaler geworden, und irgendwie sah es aus, als sei die Perücke ihr zu groß geworden. Ja, schon vor ein paar Tagen war die Tarnung aufgeflogen. Ich habe es nicht übersehen, aber ich habe es ignoriert. Vielleicht, denke ich jetzt vor der verschlossenen Tür stehend, hätten ein paar anerkennende Bemerkungen über die Gedichte ihres Großvaters sie aufmuntern können. Oder ich hätte sie wenigstens etwas fragen können, ihr mein Interesse an ihm, das ja längst echt war, bekunden sollen, mein Interesse an ihr, es wäre so einfach gewesen. Nun ist es zu spät. Aber war da nicht ein flüchtiger Schatten, eine Bewegung des Vorhangs? Die Katze, denke ich und drücke nun doch gegen die Tür, erst vorsichtig, dann rüttle ich an der Klinke, werfe mich schließlich voller Verzweiflung mit der Schulter gegen die Scheibe. Nichts. Es ist zu spät.

Die *nette Kleine* hat den Kinderwagen abgestellt und blickt sich erschrocken um, sie hat mich nicht erkannt und muss mich für einen Einbrecher halten. Ich gebe ihr ein Zeichen, das sie, offenbar an Nichtbeachtung gewöhnt, mit einem freudigen Staunen quittiert. Sie zögert noch immer, dann ein scheues Lächeln, und als sie endlich auf mich zukommt, denke auch ich: Wirklich nett die Kleine. Wehovskys Bemerkung habe ich vor zwei Tagen mit einem eisigen Schweigen beantwortet, das ich mir gar nicht zugetraut hatte, ich habe ihn so lange angeschaut, bis er den kurzen Moment der Verlegenheit, die wiederum ich ihm gar nicht zugetraut hätte, mit einem lauten Lamento überpolterte. Diese verdammten Fahrräder stehen noch immer im Hausflur!, schimpfte er. Machen Sie das mit Sabine ab, sagte ich, eines davon ist sicher von ihr.

Ach Sie sind es, sagt Irina erleichtert, als sie vor mir steht. Eine Strähne ihres kurzen Haares wird über der Stirn von einer schmucklosen Spange gehalten, die überflüssig wirkt und mit den zu einer aufgehenden Sonne getuschten Wimpern Irinas Aussehen etwas kindlich Naives gibt. Doch als sie ihre Hand mit einer Geste des Mitgefühls auf meinen Arm legt, ist jede Naivität verschwunden. Sie wird sterben, sagt sie, während mein Blick verwirrt auf ihre Hand gerichtet ist, die Irina sogleich, über die plötzliche Nähe erschrocken, zurückzieht. Ich weiß, sage ich und würde sie gern in den Arm nehmen, doch in diesem Moment ist aus dem Inneren des Ladens das leise Rasseln eines Telefons zu hören. Es ist ein altmodisches Klingeln, Frau Hartmann hat mich erst vor Tagen gebeten, dieses ein älteres Telefon imitierende Geräusch einzustellen, da sie die modernen Töne nicht ertrage. Ich musste sie noch im Laden mit dem Handy anrufen, und sie freute sich über den Klang, wir haben eine Weile herumgealbert, jeder das Telefon in der Hand und in das Telefon sprechend. Wir sollten uns einmal treffen, sagte Frau Hartmann und sah mich dabei an, gern, antwortete ich, aber wie erkenne ich dich? Das ist ganz einfach, sagte sie und fuhr mit der Hand kokett durch die Perücke, sie habe schöne schwarze Haare, lang wie Rapunzel. Wer war das denn?, fragte ich sie, nachdem wir beide aufgelegt hatten. Das, antwortete sie, ist mein Geheimnis, auf jeden Fall nicht mein Mann.

Während ich mich dieses gespielten Anrufs erinnere, ist das Klingeln noch zu hören, dann ist es plötzlich still, totenstill, denke ich. Irina sieht mich fragend an, als müsste ich den ominösen Anrufer kennen oder eine Antwort wissen auf diese Stille. Vielleicht sollten wir noch ein Stück gehen, sage ich und stelle mir Frau Hartmanns verschmitztes Lächeln vor. Zu meiner Überraschung ist Irina von diesem Vorschlag nicht überrascht, ihr Gesicht bekommt einen Ausdruck von Neugier, dann fragt sie herausfordernd, ob ich mir das gut überlegt habe. Das habe ich nicht, aber gerade das Unüberlegte, plaudere ich munter und unüberlegt dahin, ist ja oft besonders reizvoll. Und wenn sie, schießt es mir durch den Kopf, dich nun beim Wort nimmt? Einen reizenden Jungen haben Sie, schmeichle ich nach der mir verhassten Art älterer Frauen, ich sehe ihn manchmal von meinem Fenster aus, den kleinen Rennfahrer. Ihre Lippen werden eine Spur schmaler, ob aus Enttäuschung über meinen feigen Rückzug oder ob der Erwähnung des Jungen, der womöglich ihr Karriereende als Ballerina bedeutet hatte, ist mir in dem Moment egal. Als ich ihr auch noch Sabine in ihrer Eigenschaft als Fallmanagerin empfehle, empfiehlt sich Irina, stehenden Fußes kann man nicht sagen, schon eher gleicht ihr Abgang einer angedeuteten Pirouette, stolz erhobenen Hauptes kehrt sie zu ihrem Kinderwagen zurück. Doppelt alleingelassen stehe ich vor der verschlossenen Tür, an deren Scheibe der Zettel über Frau Hartmanns Krankheit unterrichtet. Wenigstens jetzt, denke ich, sollte ich Hildebrandts Gedichte lesen.

Für heute Abend hat Sabine Ines und Gerhard eingeladen. Sie trägt ein eng anliegendes schwarzes Kleid, nun merkt sie, dass sie dafür etwas zu füllig geworden ist, und ärgert sich. Ich halte beides für übertrieben, das Kleid für diesen Anlass und Sabines Ärger. Wir werden alle älter, versuche ich sie zu trösten. Ich lege, als sie gerade ein Baguette aufschneidet, meine Hände auf ihre weichen Hüften, schmiege mich von hinten an sie und küsse ihren Nacken. Außerdem gefällt es mir, flüstere ich ihr ins Ohr. Sabine säbelt verbissen an dem Brot herum und schweigt, doch als ich ihr kurz darauf von Frau Hartmann erzähle und sage, dass sie wahrscheinlich sterben wird, zeigt Sabine, wie gereizt sie ist. Wir müssen alle sterben, äfft sie mich nach.

Ines und Gerhard haben wir kurz nach unserem Einzug kennengelernt, das heißt, ich kannte Gerhard schon flüchtig vom Studium, wir hatten uns aus den Augen verloren, ohne den anderen zu vermissen, doch seit wir den beiden zufällig im Kino begegnet sind, treffen wir uns gelegentlich. Die Initiative dazu geht vor allem von Gerhard aus, der meint, der Umgang mit Sabine tue seiner Frau gut. Ines wird dann immer etwas verlegen, wie überhaupt auf beiden Seiten eine gewisse Zurückhaltung geblieben ist und unsere Begegnungen noch immer nicht frei von albernen Förmlichkeiten vonstatten gehen.

Als Sabine die Weingläser für einen Begrüßungsschluck füllt, hebt Ines abwehrend die Hand und macht eine eindeutige Geste, bei der sich Daumen und Zeigefinger ihrer zierlichen Hände fast berühren. Weil Sabine das ignoriert, schaut sie Gerhard Hilfe suchend an und sagt dann, sie müsse ja heute fahren. Gerhard nickt und tätschelt ihren Rücken. Ines trägt ein Kleid, das ebenso eng anliegt wie Sabines, aber von hoffnungsvollem Grün ist, und auch bei ihr zeichnet sich deutlich ab, dass die Konfektionsgröße mit gewissen Entwicklungen nicht Schritt gehalten hat. Auch Sabine hat es bemerkt, ein Lächeln huscht über ihr Gesicht.

Gerhard, fast einen Kopf größer als ich und von massiger Gestalt, nennt mich nach einer Stunde belangloser Konversation alter Junge und fragt, mir dabei seine Hand auf die Schulter legend, wie es denn mit der Kunst aussehe, doch ich weiß zum Glück, dass er keine Antwort erwartet. Die Frage ist nur der Vorwand für eine freimütige Selbstauskunft, die er nun ohne Zweifel an unserem Interesse vorträgt. Seinem Architekturbüro – *Wir bauen Gefühle!* steht auf der Visitenkarte – geht es demnach gut, sehr gut sogar, so gut, dass er nun endlich an etwas Eigenes, Größeres denken könne, und er hätte da auch schon etwas im Auge, ein nettes Häuschen mit Garten. An dieser Stelle wagt Ines ein zustimmendes Nicken, was Gerhard nicht zu gefallen scheint, weshalb er einwendet, ihm sei das eigentlich ein bisschen zu kleinbürgerlich, es handle sich um ein Objekt ganz in der Nähe, im Amselweg nämlich. Das wäre ja fantastisch!, ruft Sabine zu rasch und auch, ich bemerke es sofort, eine Spur zu begeistert. Na ja, sagt Gerhard, aber natürlich müsse da noch eine Menge getan werden, ihm schwebe zumindest ein energieeffizienter Umbau nach den neuesten Standards vor – dabei hält er sein leeres Glas in die Mitte des Tisches und macht, während Sabine ihm nachschenkt, eine kleine Pause – und eine grundlegende Modernisierung, die im Übrigen dem ganzen ja doch etwas biederen und verschlafenen Amselweg zugutekomme. Aber die große Terrasse ist ein Traum, wirft Ines ein. Ja Schatz, sagt Gerhard, die Terrasse ist ganz nett, aber wichtiger ist doch, dass ich mein Büro dann unter dem eigenen Dach habe und die Kita in der Nähe ist, daran müssen wir ja denken, jetzt, da Ines schwanger ist. Das Wort Terrasse hat mich aufhorchen lassen, ich denke an die rauchende Frau und die wehende Gardine, erst als ich Sabines Gesicht sehe, begreife ich, was Gerhard gesagt hat. Was, du bist schwanger?, wende ich mich an Ines. Ja, wir sind schwanger, sagt Gerhard. Es weiß noch niemand, beeilt sich Ines einzuwerfen und wird dabei wieder verlegen, aber euch können wir es ja sagen. Gerhard lehnt sich zufrieden zurück, wie nach getaner Arbeit, er verschränkt die Hände vor dem nun auch irgendwie schwanger anmutenden Bauch mit der klaffenden Knopfleiste und lässt die Daumen umeinander kreisen. Nun seid ihr dran, bedeutet sein Blick. Sabine erhebt sich, greift nach den leeren Weinflaschen, lässt sie wie Keulen schwingen und verschwindet aus dem Zimmer, wobei das enge Kleid das Wiegen ihrer Hüften betont und an das Trikot einer Gymnastin erinnert. In der nun eingetretenen Stille hört man im Bad lange das Wasser rauschen. Ines hüstelt verlegen. Wir wollen demnächst für ein paar Tage nach Italien, sage ich endlich, doch keiner geht darauf ein. Da Sabine nicht zurückkommt, rede ich von Stress im Büro, der bei Sabine immer gleich auf den Magen schlage. Sie braucht eine Pause, sage ich. Ines kann das gut verstehen, doch Gerhard winkt nur grinsend ab. Wenn da mal nicht auch was im Busche ist! Ist es nicht, sage ich entschieden, nicht einmal ein Anfangsverdacht, und ich bitte beide, Sabine gegenüber das heikle Thema nicht weiter anzusprechen, was uns, als sie hereinkommt, in betretenes Schweigen fallen lässt. Wir sprechen gerade über Italien, sagt Ines dann und bemerkt, dass die reizende Terrasse im Amselweg etwas Mediterranes habe, zumindest im Sommer, und man denke natürlich an einen Wintergarten. Von mir aus, sagt Sabine gereizt, mir wäre der Amselweg jedenfalls viel zu spießig. Ich könnte sie küssen für diesen Satz! Ihre Miene verrät mir, dass das der letzte vollständige Satz ist, den sie an diesem Abend sagen wird. Gerhard aber, längst bequem im Sessel fläzend, fühlt sich getroffen und meint, das Wohnen im Amselweg nun verteidigen zu müssen. Dem folgenden Referat über innerstädtisches Wohnen, soziale Durchmischung, Vorgärten und Steuervorteile scheint Sabine mit versteinerter Miene zu lauschen, wahrscheinlich hört sie aber gar nicht zu, und so entgeht ihr, dass Gerhards vom Wein schwer gewordene Zunge das Wort Steuerabschreibung mehrmals misslingt, immer wieder sagt er Steuerabreibung, was mich amüsiert und Ines zu einigen erfolglosen Aufbruchsgesten veranlasst. Gerhard redet und trinkt unbeirrt weiter, er trinkt und redet, irgendwann, fürchte ich, wird er jegliche Kontrolle verlieren und in seinem aufkeimenden Vaterstolz das gerade vereinbarte Tabu brechen, sodass ich ihn unterbreche. Ich werde einen Roman schreiben, höre ich mich sagen, und er soll *Die Vagabunden-Not* heißen. Gerhard lässt das Glas, das er gerade zum Munde führt, in der Luft stehen, und schaut mich an, als habe ich die Ungehörigkeit begangen, seine Ausführungen mit einer derartigen Belanglosigkeit zu unterbrechen. Dann lässt er seine Mundwinkel hängen, und seine Gesichtszüge gleiten ins Verächtliche. Vielleicht sieht er in dem Titel einen Angriff auf seine bürgerlichen Werte. In dem nun einsetzenden betretenen Schweigen fingere ich nach meinen Zigaretten. Ich auch, haucht Sabine, als schnappe sie nach Luft. Wir gehen natürlich in mein Arbeitszimmer, komme ich einem möglichen Einwand der Schwangeren zuvor, doch Ines hat schon entschieden: Nein, wir gehen! Gerhard scheint plötzlich wieder völlig nüchtern, Schatz, du sollst dich doch nicht so aufregen, sagt er, schlägt sich auf die Schenkel und schnellt seinen massigen Leib aus den Tiefen der Polster empor. Schon stehen sie an der Tür, und wir machen keinen Versuch sie aufzuhalten. Als die Tür ins Schloss fällt, hat das etwas Endgültiges. Auf dem Tisch zucken die Kerzen im Todeskampf.

Mit geschlossenen Augen steht Sabine in meinem Arbeitszimmer vor dem Fenster, ihr Rauchen ist ein

Statement, mit tiefen Zügen inhaliert sie den Qualm, und als sie ihn langsam ausbläst, ähnelt sie jener Frau auf der Terrasse am Amselweg. Sei ehrlich, du beneidest ihn. Sie starrt dabei auf das Foto an meinem Bücherregal. Oder schaut sie durch das Bild hindurch? Gerhard ist ein aufgeblasener Gockel, sage ich, ich freue mich auf Italien. Sie nickt wie aus einer anderen Welt, in der es Dankbarkeit offenbar nicht gibt. Behutsam lege ich meinen Arm um ihre Schulter. Ich bin müde, sagt sie nur.

12

Wir sind fast die Letzten, die früh am Morgen beim verabredeten Treffpunkt vor Karls Kneipe erscheinen. Sabines Mutter, fällt mir ein, hat uns gestern bei der Verabschiedung gefragt, wo denn der Stellplatz sei. Ich musste bei dem Wort an Hildebrandt denken, der hatte sesshaft werden wollen und dann am Straßenrand gestanden, in der ersten Reihe im Spalier der Gaffer, mit offenem Hemd über die Absperrung gebeugt, den Kopf seitwärts gedreht: Durch diese hohle Gasse muss ER kommen! Während sich der offene Wagen mit dem Führer langsam den Weg durch die Massen bahnte. Ich hätte ihn gern zweifelnd gesehen, an diesem kühlen und feuchten Vorfrühlingstag, dem ein langer Winter folgen sollte, würde ihn gern nüchtern wissen im großen Rausch, der ihn umgab, unter den wehenden Fahnen, inmitten des fanatischen Gebrülls der sonst eher schweigenden Mehrheit, deren Jubel Ausdruck des sogenannten gesunden Volksempfindens und schon ein Vorbote des apokalyptischen Jagdgegröls ist. Abseits hätte ich ihn gern gesehen, im Hinterland des Jubels, und warum nicht mit einem leeren Kinderwagen, den er sich gerade besorgt hatte, die Frau erwartete immerhin Nachwuchs, und nun noch einmal in die Kneipe, ein letztes Mal zu den alten Kameraden, die schon wieder ihre Felleisen gepackt hatten und bald wieder auf Tour gehen würden, eine Tour, die eine Flucht über Grenzen sein würde. Der leere Kinderwagen vor der Kneipe, vielleicht hätte das eine tröstliche Geschichte werden können. Oder ein paar Wochen später dann, das Kind nun schon geboren, warm liegt es unter dem dicken Federbett, den neugierigen Blicken entzogen, gut versteckt, wie das Bündel Flugblätter oder verbotene Zeitungen zu seinen Füßen, aber da war Wilhelm Hildebrandt ja schon tot – hatte nicht einmal mitbekommen, dass die Publikation über die Steinachschen Verjüngungsversuche auf die Liste des unerwünschten Schrifttums kam – und ich wusste, er hatte in der ersten Reihe gestanden, und ich wusste nicht, warum ich ausgerechnet ihn anders sehen wollte.

Die Kneipe ist natürlich noch geschlossen, trotzdem herrscht unter den Wartenden schon eine ausgelassene Stimmung. Da kommt ja auch unser Dichter, ruft uns Frau Wohlgemuth, die einen blumengeschmückten Strohhut mit dem Durchmesser eines Regenschirms trägt, schon von Weitem zu. Sofort beschleunigen wir unwillkürlich unsere Schritte, denn alle drehen sich nach uns um, als sei nun die Ankündigung auf dem Prospekt verwirklicht und tatsächlich Goethes Ankunft vermeldet worden. Ich wollte mich eigentlich noch von Karl verabschieden, flüstere ich Sabine ins Ohr. Um diese Zeit?, fragt sie erstaunt. Sie hält das für überflüssig, in ein paar Tagen, meint sie, seien wir doch wieder zurück. Es sind zehn Tage, gebe ich zu bedenken, immerhin zehn, belasse es dann aber bei einem genervten, vorwurfsvollen Seitenblick.

Nun fehle nur noch Doktor Hammerschmidt, sagt Frau Wohlgemuth, nachdem wir ihre Hand gedrückt haben – ein weicher Druck, als sei ihre Hand gepolstert

– und sie unsere Namen auf einer Liste mit einem Häkchen versehen hat. Ein Herr im braunen Cordsakko gibt sich als Freund des Säumigen zu erkennen und stellt sich als Herr Pfeiffer mit drei F vor. Er schaut auf seine Uhr und sagt etwas vom akademischen Viertel. Das müssen die pensionierten Lehrer sein, flüstert Sabine mir zu. Keine Angst, wir warten, sagt Frau Wohlgemuth, obwohl auch der Bus noch nicht zu sehen ist. Bei jeder Bewegung schwingen zwei kleine Jakobsmuscheln, die, als Ohrgehänge fungierend, von der breiten Krempe ihres Hutes verschattet werden. Ein älteres, mit annähernd identischen, karierten Wanderhemden bekleidetes Ehepaar, das in uns offenbar eine potenzielle Reisebegleitung sieht, grüßt auffallend freundlich und mit einem Vorschuss an Vertraulichkeit zu uns herüber. Dann taucht Doktor Hammerschmidt endlich auf. Zum hellen Leinenanzug trägt er ein Khakihemd, und es fehlt nur der entsprechende Helm zum zünftigen Tropenaufputz, nein, kein Tropenhelm, er hat einen Hut auf, wie ihn Goethe auf dem berühmten Gemälde von Tischbein trägt. Aah, macht Frau Wohlgemuth und erklärt, dass dies ein Hut wie auf dem berühmten Tischbein-Gemälde sei, worauf der Lehrer etwas verlegen lächelt, als habe er eine gute Note bekommen, die er eigentlich nicht verdient. Herr Pfeiffer springt der Reiseleiterin mit dem Geburts- und Sterbejahr des Malers bei. Er weiß, dass ihm die gute Zensur zusteht. Man kennt doch sein Fach! Frau Wohlgemuths Lächeln wirkt etwas gequält, und ich verzichte auf den Hinweis, dass Goethes italienische

Reise eigentlich in Karlsbad begonnen hat und eine Flucht war. Durch eine letzte Kontrolle lässt sie uns zu einer handverlesenen Gemeinschaft werden. Dreizehn, sagt sie, molto bene! Aus dem allgemeinen Gemurmel entwickelt sich eine Diskussion, ob dreizehn eine Glückszahl sei oder Pech bedeute. Bevor Herr Pfeiffer Goethes Hexeneinmaleins weiterentwickeln kann, quäkt Frau Röhrlich: Abstimmung! Sie stellt sich auf die Zehenspitzen, lässt ihren Blick schweifen und verkündet dann: Sechs zu sechs! Ich sei, sagt sie, das Zünglein an der Waage. Alle schauen mich erwartungsvoll an, und es ist ausgerechnet Frau Wohlgemuth, die mir, ein verschwörerisches Augenzwinkern unter der Hutkrempe, zu Hilfe kommt, indem sie resolut für eine offizielle Begrüßungsrede um Ruhe bittet. Sie angelt nach der Brille, die an Schnüren vor ihrem Dekolleté baumelt, und entfaltet dann umständlich ihr Manuskript. Noch während der Ansprache, Frau Wohlgemuth hisst gerade ein kleines Fähnchen, dem wir in den nächsten Tagen folgen sollen, fährt der kleine Reisebus vor und hält direkt hinter ihrem Rücken. Das Fauchen der Tür verschluckt ihre letzten Worte, während derer sie mir, ich kann mich auch täuschen, ein nun schon vertraulich wirkendes Lächeln schenkt. Jetzt gibt es kein Halten mehr, alle drängen zur geöffneten Tür, zwängen sich in den schmalen Gang und versuchen einen Fensterplatz zu ergattern. Die es geschafft haben, sehen zufrieden zu, wie der Fahrer das auf dem Gehweg zurückgelassene Gepäck verstaut. Jemand hat sogar eine kleine Staffelei dabei. Im erwartungsfrohen Tumult des Aufbruchs ist es mir gelungen, meinen kleinen Rucksack unbemerkt ins Innere des Busses zu schmuggeln und zwischen meinen Füßen zu verstauen. Wirklich unbemerkt? Oder ist das Wippen von Frau Wohlgemuths Hutkrempe etwa ein Zeichen geheimer Zustimmung gewesen?

Als sich der Bus in Bewegung setzt, greift Sabine nach meiner Hand und drückt sie. Ich weiß nicht, ob das Zufriedenheit oder Trost bedeuten soll. Ich hatte es Karl versprochen, wage ich einen letzten Einwand. Sabine zieht ihre Hand zurück. Nachdem wir die Autobahn erreicht haben, stelle ich mich schlafend und höre, wie Frau Wohlgemuth, nun in ein Mikrophon sprechend, verkündet, dass eine italienische Reise auf Goethes Spuren eigentlich in Karlsbad beginnen müsste. Am 3. September, denke ich, was auch die reiseleitende Buchhändlerin weiß und uns kurz darauf wissen lässt. Frau Röhrlich wusste es nicht und macht sich nun Notizen. Wir sollten uns eine Postchaise vorstellen, knistert es aus dem über meinem Kopf angebrachten Lautsprecher. Um Gottes Willen!, scheppert Frau Röhrlichs Stimme neben meinem Ohr. Sie hat direkt hinter uns Platz genommen und nennt das, ihre Hand durch die Lücke zwischen den Lehnen schiebend und Sabines Arm tätschelnd, eine glückliche Fügung, außerdem, ihre Hand tastet suchend in meine Richtung, sei ich ihr noch eine Antwort schuldig, sie sei schon ganz gespannt, die Dreizehn, ich wisse schon. Um Gottes Willen!, denke ich, während Frau Wohlgemuth verspricht, sich erst am Brenner wieder zu melden.

Durchs Erzgebirge fahren wir schweigend. Nur einmal knistert der Lautsprecher. Ein schrilles Fiepen ist zu hören. Wie der Pfiff eines Murmeltiers denke ich, und Frau Hartmann fällt mir ein. Upps, sagt Frau Wohlgemuth, dann ist es wieder still. Hast du gehört?, fragt Sabine und lächelt mich erwartungsvoll an. Es war ja nicht zu überhören, sage ich genervt. Eben, sagt sie, und etwas in ihrem Gesicht verändert sich in einer Art, die nichts Gutes erahnen lässt. Erst später fällt mir ein, dass es ‚unser' Fiepen war. Andere Paare haben eine Melodie oder einen bestimmten Ort, die am Anfang ihrer Beziehung stehen, wir haben dieses zugegeben nicht sehr romantische Fiepen. Es war während der Lesung eines bekannten Schriftstellers. Der große Hörsaal der Universität, den der Veranstalter wegen des erhofften Ansturms gemietet hatte, war nur mäßig besetzt, was den Autor, der sich auf seine Bekanntheit einiges einbildete, zu ein paar bissigen Bemerkungen verleitete. Sabine kam zu spät. Obwohl sie die Tür so leise als möglich geöffnet und hinter sich geschlossen hatte und sich auf leisen Sohlen, wie man sagt, auf einen freien Platz in der letzten Reihe direkt neben dem meinen schlich, blieb ihr Auftritt nicht unbemerkt, weil ich die hölzerne Sitzfläche, die ich, weniger aus Höflichkeit gegenüber der fremden Frau, als im Bestreben den von mir verehrten Autor nicht weiter zu reizen, heruntergeklappt hatte, einen Moment zu früh losließ, sodass sie mit einem dumpfen Krachen zurückschnellte. Es war wirklich kein großer Lärm, aber er reichte aus, um den Autor aus der Fassung zu bringen. Er schlug sein Buch zu, richtete sich auf, nestelte mit den Fingern an dem quittengelben Seidenschal, der wie die Stola eines Priesters um seine Schultern hing, und dann schickte er einen giftigen Oberlehrerblick zu Sabine. Er behielt sie im Auge, aus dem nichts als Verachtung sprach, er werde erst weiterlesen, wenn auch in der letzten Reihe endlich Ruhe herrsche. Eine Weile war nun wirklich peinliche Stille, und damit wäre die Sache eigentlich erledigt gewesen, doch gerade in dem Moment, als er sich wieder über das Mikrophon beugte und die ersten Worte sprach, ertönte aus dem Lautsprecher dieses schrille, lang gezogene Fiepen. Im Saal entstand ein kleiner Tumult, einige waren von dem Zwischenfall erheitert, andere schienen die Entrüstung des Referenten zu teilen. Und dann, wieder war Ruhe eingetreten, erhob sich Sabine. Dieser eitle Fatzke, zischte sie, ließ den Klappstuhl wieder nach oben schnellen und verließ den Saal. Ich glaubte mich bei ihr entschuldigen zu müssen und folgte ihr, schließlich war es meine Unachtsamkeit, die das Klappen des Stuhls verursacht hatte. Auf der Treppe holte ich sie ein, und es war wohl eher ein Ausdruck von Hilflosigkeit, mit der ich ihr ein Buch von mir überreichte, das ich eigentlich dem von mir verehrten Autor hatte schenken wollen. Nicht ganz uneigennützig, wie ich gestehen muss, träumte ich doch von meiner Entdeckung, aber nie wieder hat eines meiner Bücher eine derartige Wirkung erzielt, denn von diesem Moment an waren Sabine und ich ein Paar.

Soll ich mich jetzt wieder bei ihr entschuldigen? Ihr sagen, dass das schrille Fiepen natürlich Musik für meine Ohren ist, mich aber unter den heutigen Umständen genervt habe …? Sabine liest in der *Italienischen Reise*. Ihr Gesicht wirkt entspannt und konzentriert zugleich. Soll ich sie da stören …? Sie hat das Fiepen sicher längst vergessen. Soll ich sie daran erinnern und eine Auseinandersetzung provozieren? Irgendwann muss ich eingeschlafen sein, obwohl ich mir vorgenommen habe, mein Schicksal unter Hobby-Goetheanern geduldig zu ertragen, sehenden Auges, wie man sagt, und die Ausfahrt nicht verpassen wollte, an der wir im Frühjahr die Autobahn verlassen hatten, um wenig später in jenem mysteriösen Gasthof zu übernachten. Geweckt werde ich schließlich vom sanften Tätscheln einer Hand, die ich, noch immer schlaftrunken, von meinem Oberarm pflücke und eine Weile halte. Sabines Angst fällt mir ein und die gewölbte Wand im Bad des Gasthofs, ich beginne ihre Hand zu streicheln, doch als ich die Augen öffne, sehe ich, dass Sabines Platz leer ist. Gleich kommt die Grenze, flüstert Frau Röhrlich mir ins Ohr, ihr gehe das auch nach so vielen Jahren immer noch durch und durch. Ich habe den ehemaligen Grenzturm gesehen, ein hohläugiger Betonklotz, auf dem jetzt wie ein Siegeszeichen eine bayrische Flagge weht. Aber wir waren doch schon vor drei Stunden in Bayern, sage ich, ihre Hand freigebend, und bemerke verwirrt, dass auch ich flüstere. Wir sind jetzt gleich in Österreich, erklärt Frau Röhrlich, vorhin habe ich nicht stören wollen, aber jetzt, wo wir unter uns sind … Sabine steht vorne im Gang und unterhält sich mit Frau Wohlgemuth, deren Nackenwulst durchs Rothaar schimmert. Zwei Reihen vor mir hebt Doktor Hammerschmidt den Arm, was mich an meine Hand erinnert, die ich nun zurückziehe und verlegen meinen Oberarm kratzen lasse. *Bei Scharnitz kommt man ins Tirol*, sagt Goethe, sagt Doktor Hammerschmidt und lässt seine Hand wieder sinken. Herr Pfeiffer nickt wissend.

Ich weiß nicht, ob Frau Wohlgemuth einem Ratschlag von Sabine folgt, als sie dem Fahrer die Anweisung gibt, an der ersten Tankstelle nach der Grenze zu halten. Sie beugt sich dabei zu ihm herab, wobei die Jakobsmuscheln ihre Wangen streifen, legt dem jungen Mann ihren schweren Busen auf die Schulter, und ihre Lippen berühren fast sein Ohr, als handle es sich um eine Sache von größter Vertraulichkeit. Der Fahrer, seine rechte Schulter fast unmerklich hebend, nickt, und wenig später lenkt er den Bus tatsächlich in die schmale Einfahrt zu jener Tankstelle, an deren Vis-à-vis auch wir auf unserer Rückfahrt aus Italien gehalten hatten.

Fünfzehn Minuten Pause!, ruft Frau Wohlgemuth. Fauchend öffnet sich die Tür und entlässt die beifällig murmelnde Gesellschaft in die Freiheit. Im allgemeinen Gewusel gelingt es mir, meinen Rucksack zu greifen und von Sabine unbemerkt nach draußen zu bringen. Nur Herr Pfeiffer hat es registriert und hält es für eine Vorsichtsmaßnahme, zu der seiner Meinung nach kein Anlass bestehe. Noch sei man ja nicht in Italien, sagt er mit süffisantem Lächeln, während Doktor Hammerschmidt den erfahrenen Weltreisenden gibt und mit vertraulicher Geste hinter der Knopfleiste seines Hemdes einen Brustbeutel sehen lässt. Aah, mache ich und murmele etwas von Proviant. *Gute Birnen hab' ich gegessen; aber ich sehne mich nach Trauben und Feigen*, zitiert Herr Pfeiffer stolz. Leberwurstbrote, sage ich und lasse die pensionierten Lehrer stehen, die gleich darauf mit einigen in beeindruckender Synchronizität ausgeführten Dehnübungen beginnen. Sie müsse mal für kleine Bildungsreisende, quengelt Frau Röhrlich tänzelnd und verschwindet dann eiligen Schrittes hinter dem Kassengebäude. Nur Frau Wohlgemuth bleibt neben dem Bus stehen, der bunte Firlefanz an ihrem Hut flattert im Wind. Unruhig blickt sie sich um, als müsse sie die Schar der Mitreisenden im Auge behalten und ständig ihre Vollzähligkeit prüfen. Zum gewünschten Ergebnis kann das nicht führen, denn zumindest Sabine ist nirgends zu entdecken. Haben Sie meine Frau gesehen?, erkundige ich mich bei unserer Führerin. Nein, aber keine Angst, sagt Frau Wohlgemuth, hier geht niemand verloren. Und tatsächlich tritt Sabine in diesem Moment aus dem Tankstellengebäude und winkt mir mit einer Tafel Schokolade zu. Na sehen Sie, sagt Frau Wohlgemuth nun doch erleichtert, während ich Sabines Winken erwidere, indem ich eine Schachtel Zigaretten in die Luft halte und ihr mit einem Kopfnicken bedeute, mich aus der Gefahrenzone entfernen zu wollen.

Sabine hat verstanden und gesellt sich dem karierten Wanderhemdenpärchen zu, das auch sofort ihre ganze Aufmerksamkeit beansprucht. Also schlendere ich bis zur Ecke des Flachbaus, vorbei an der sich durch mein Nähern öffnenden Glastür, durch die ich den Tankwart an der Kasse stehen sehe. Und sehe im Vorübergehen den gleichen Overall, die gleiche, den Schirm übers Ohr gedrehte Schirmmütze, den gleichen misstrauischen Blick wie damals, als mich auf der gegenüberliegenden Seite der flüchtige Gedanke einer Flucht überkam. Und sehe den schmalen Pfad, der zum hinteren Teil des Gebäudes führt, auf dem mir nun Frau Röhrlich entgegenkommt. Seit dreizehn Monaten keine Einzige mehr, sagt sie voller Stolz und weist auf meine Zigaretten. Na sehen Sie, sage ich anerkennend, die dreizehn ist eben doch eine Glückszahl, übrigens auch für mich, obwohl ich die Zwölf eigentlich für bedeutender halte. Frau Röhrlich schaut mich fragend an. Zwölf Tierkreiszeichen, sage ich, und zwölf Apostel, die Stämme Israels und die Tore des apokalyptischen Jerusalem, alles zwölf, wenn Sie wollen, kann ich Ihnen das nachher noch genauer erklären. Wie gebildet Sie sind, staunt Frau Röhrlich, lächelt mich dankbar an und so, gewissermaßen doppelt erleichtert, begibt sie sich zurück zum Bus.

Endlich bin ich allein. *Hier gekommen, gleichsam gezwungen, endlich an einen Ruhepunkt, an einen stillen Ort, wie ich ihn mir nur hätte wünschen können*, denke ich und zünde mir eine Zigarette an. Genüsslich blase ich den Rauch in Richtung der Berge. Als ich höre, wie Frau Wohlgemuth zum Aufbruch ruft, fährt ein riesiger Wohnwagen auf das Tankstellengelände. Vorsichtig, die herausgestreckte Zunge flattert vor Konzentration zwischen den Lippen, zirkelt der Fahrer das Gefährt zwischen die Tanksäulen und nimmt mich aus dem Blickfeld der Reiseleiterin. Durch das Gewirr der Stangen zweier am Heck befestigter Fahrräder sehe ich den Reisebus abfahrtbereit stehen. Alle sind bereits eingestiegen, der Motor läuft schon. Der Fahrer hupt noch einmal, und das weiße Fleisch von Frau Wohlgemuths gegen die Scheibe gepressten Alabasterarme leuchtet matt. Sie scheint niemanden zu vermissen. Hat sie etwas geahnt oder sich bloß verzählt? Nur Sabine steht noch in der geöffneten Tür und hält die Tafel Schokolade in der Hand.

Eigentlich nett von ihr, denke ich, dann drehe ich mich in Richtung der Berge und schreite aus.

Die Arbeit an diesem Buch wurde durch ein Stipendium der Kulturstiftung des Freistaates Sachsen unterstützt.

Bibliografische Information der Deutschen Nationalbibliothek
Die Deutsche Nationalbibliothek verzeichnet die Publikation in der Deutschen Nationalbibliografie; detaillierte bibliografische Daten sind im Internet über http://dnb.ddb.de abrufbar

Salzburg – Wien – Berlin
Lektorat: Paul Jandl
Gestaltung: Müry Salzmann Verlag
Druck: Theiss, St. Stefan im Lavanttal
ISBN 978-3-99014-101-4
www.muerysalzmann.at

Literatur im Müry Salzmann Verlag

In diesem Band materialisiert sich das österreichische Literaturwunder
Heinz Sichrovsky, ORF

ISBN 978-3-99014-091-8
128 S., EUR 19

Aus Elke Laznias Texten spricht der Zorn eines Thomas Bernhard oder einer Elfriede Jelinek, aber von solcher Schönheit…
Die Furche

ISBN 978-3-99014-093-2
128 S., EUR 19

Ein Roman so rasant wie der Pfeil des Südens

ISBN 978-3-99014-099-4
152 S., EUR 19

müry salzmann

Wer über den in Sachen Eigen-PR zurückhaltenden Autor mehr erfahren will, sollte das Buch unbedingt lesen.
Die Presse

ISBN 978-3-99014-073-4
216 S., EUR 19

Ein lebenspraller Roman, von Amsterdam über Paris bis ans Schwarze Meer

ISBN 978-3-99014-092-5
324 S., EUR 24

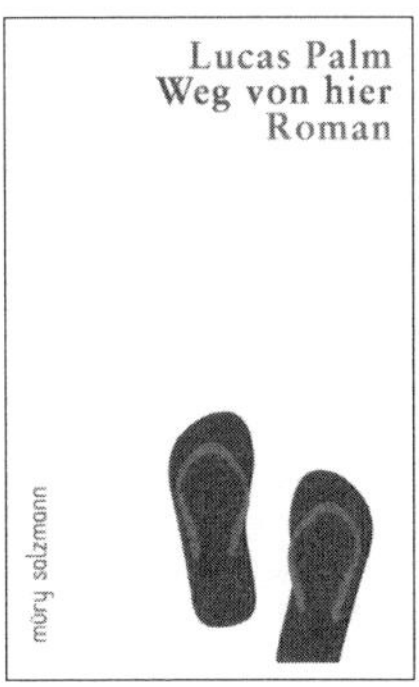

Ein anregender Roman eines vielversprechenden Autors
Literaturhaus Wien

ISBN 978-3-99014-081-9
184 S., EUR 19

www.muerysalzmann.at